为了人与书的相遇

我们心中的怕和爱

— 增订版 —

水木丁 著

台海出版社

序

| 有感情的情感专家 |

绿妖

前几天遇到一个女朋友，聊起繁难家事，最后我说：你给水木丁写封信吧。另一位女朋友，遇到一个无解难题，咨询水木丁，简短问答之后，女友当机立断："我要给你写信。"水木丁吃完午饭回来，她化名换背景的邮件已经出现在邮箱。

一般来说，和尚、星座专家、风水大师，还有情感专家，都是越远越灵。水木丁打破了这种偏见。

我们认识时，她刚到北京，一个人租房，一个人租辆货车去南城买二手家具，一个人跑来跑去找工作。但我很少听见她诉苦。她的精神跟她的金钱观一样爽朗清洁——跟她吃饭永远都是 AA。倾诉，对于她或许就像逼迫别人埋单，或自己抢埋单，那太不爽利。

后来，在这个庞大的城市里，我们一点一点熟悉起来。我们最常约在大望路的现代城，那里有小饭馆，有“光合作用”书店，吃完饭可以买书，买完书就可以一圈一圈地绕着现代城散步，聊最近看的书，聊各自的生活。她有许多生活的智慧，会告诉我：自己置办一套家具，也用不了多少钱，可是租个空房，房租会便宜很多，而且家具可以用很久；还有超市快关门的时候去，青菜比菜市场还便宜。现在我明白，她的生活智慧，都是被生活磨出来的。

就像她身为情感专家的智慧，也是被生活一层层磨出来的，所谓久病成医。一个从不诉苦的人，却成为一名职业的烦恼倾听者，这是一件想一想都觉得有意思的事。在我们这里，情感专家是一个门槛极低的职业，只要会写汉字，只要有点名气，不管你是诗人、歌手、剃头的还是画画的，都能在报刊上开一个情感信箱，坐堂应诊。可是一个大男子主义者，很难成为好的情感专家，因为他不懂女人；一个女人，很难成为好的情感专家，如果她只是站在来信的姑娘这边，帮忙痛骂让她们伤心的臭男人；甚至一个好人，也很难成为好的情感专家，就像我的另一个朋友，收到别人的来信，只会笨拙地回复：你写得太好了，我都看哭了。好人只能陪着心碎的写信者一起哭，可是解决问题，他们没办法，不会。

所以我尊重真正的情感专家。我在不同场合表达过对情感专家界流行的“麻辣烫”风的不满，如果说，最初的断喝，是为了令人一瞬间顿悟，那么之后蔓延开来终至充斥的，就是施虐狂与受虐狂的结合，专家们比着看谁骂得漂亮，以博读者一笑。

这样的风格，说到底，是写信和回信的人都不相信，一封信真能解决问题、情感信箱真的有用。

一封信真能解决问题吗？情感信箱真的有用吗？人真能帮到另一个人吗？

这本书最初的时候，是水木丁在博客上写：你可以给我写信，不保证一定会回。话说得很冷淡，但有人写了，得到了回复，第二个人偶然看到，于是也写了一封，第三个人……它不是一开始就是一个专栏，而只是，两个孤独的人偶尔碰到了一块儿，说了会儿话而已。

渐渐地，我看到她每次的回信，点击率越来越高。开始有人约她开一个专栏，开始有了稿费。越来越多的人给她写信，急切地等着回答。但其实又没有什么变化：专栏只用写几百字，她仍然回一千多字。“字儿太少，说不清楚。”

她相信有些问题可以说清楚。有些难题能够解决。一个人，可以帮助到另一个人。

水木丁最早是文学青年，学英语的，写实验小说，语言西式，那时她写的小说我到现在都看不懂。后来，不知从什么时候起，她仿佛打通了任督二脉，文字的结构仍然是西方语言框架式的严谨，文字本身则全然用大白话。

你以为这很容易吗？有段时间，我约她写时事，三险一金、通货膨胀、财经政策……我们看过不少专家写过这些，把政策解读得没人能看懂，看完还是一脑袋糨糊，不知道跟自己有什么关系。水木丁不是那样的专家，她像你的亲姐、亲老师一样，恨不能手把着手、掰开了揉碎了跟你解释。我也是看了她的文章，才第一次弄明白了诸如三险一金之类的高深政策。

做到这些很难吗？也就是多替看文章的人想想，别把那些宏观的数据抄来抄去，多查具体资料，自己现实里对这些真懂。但我没见到第二个专家这样做，她不写了以后，也没见到别人这样写。

她的情感专栏，也是这么写的。

能解决的，她解决。比如告诉一个纠结于追求梦想还是听从现实的姑娘，“你的爱好，只不过是家居设计而已，又不是要去当德州电锯杀人狂……为什么就会有人认为心理学就一定会比家居设计有出息呢”；投诉男人的，并不总是得到同仇敌忾的助拳；只是想找找安慰的，她绝不敷衍，而是告诉对方，青春、痴情、楚楚可怜、年轻漂亮什么的都没啥了不起，别沉湎，好好读书上进是真；还有一些，真的真的是无法解决，又是那么悲凉，水木丁就说，“活到死的那一天，写到写不出的那一天，爱到不能爱的那一天，仅此而已吧。痛苦不会教会人什么是生的意义，痛苦只教会人，什么是不用问的问题，仅此而已”。

她有一套结结实实的价值观，在职业上、恋爱上、性爱上，她足够开放，但最终，她的脚落在一个踏踏实实的甚至显得守旧的立足点："假如双方最初不是因为深爱着彼此才走进一段婚姻的，那么我觉得，在人生的漫漫长路上，真有什么可能保证婚姻稳定的话，其实只有最简单的两点：第一是自己做一个好人，第二是嫁一个好人。"——很老套，是不是？又回到了三四十年前，我们的妈妈们恋爱时的标准。同时，她的这一套，跟眼下这个社会的那一套，却像是恰恰相反——她开放之处，是社会保守的地方；她认为很重要的，却是当下社会认为很不重要的东西。

可是这一套，难道不是一个正常社会应该有的常识吗？怎么辨认常识？你服从它，同时感觉光明温暖，就是对的。而那些扭曲的、屈从的、荒诞的，都是反常识的。只是我们的时代太幽默，我们已经忘了什么是常识，而常常屈从于荒诞，也因此，才会有那么多的纠结。

前一阵去衡山，跟朋友一起爬主峰祝融峰。朋友说，祝融是火神，也是持久光明之意。这个含义，让我有说不出的感动。衡山上络绎不绝、手捧香盒、穿着绣有"南岳进香"字样衣服的徒步香客，或许也是为了这个"持久光明"而来的吧？而这本书里，那些写信的人，那些纠结在被人抛弃以及被抛弃后的锥心的恨意里的，纠结于职业、爱情、婚姻、性、自私、黑暗、父母压力、社会压力与自我之间的扭曲的女女男男们，也是为了想得到一点点光明吧？

也许就因为这样，才有那么多的人，需要给她一封一封地写信。而身为水老师的朋友，我们也真的会在遇到事情时，想：给水木丁写封信吧。

新版序

| 亲爱的，你是否别来无恙？ |

水木丁

2011 年第一次出版的这本《我们心中的怕和爱》终于要再版了，转眼六年过去，许多事情发生了变化，我的一些观念也与以往有些不同，因此这次我又花了几个月时间，把旧有的文章重新修订了一遍。另外又增补了几万字，九篇文章。

修改这些旧文章，读过去往来的信件，就好像和老友重逢。那些曾经写信给我的朋友们，不知道他们现在过得好不好。我的读者素质之高，是我的朋友圈里公认的，早年间有个朋友帮我写书评，前半部分夸我，后半部分变成了夸赞我的读者。我自己也常为此感到骄傲。这次修订的过程中，再次体会到了作为作者的幸福。

那些走散的朋友，希望他们万事顺遂；那些还默默地陪在我身边的朋友，希望与你们来日方长。

水木丁

2017 年 6 月 22 日 于北京

初版序

| 麦田里的西西弗 |

水木丁

十年前开始写作的时候，一心想成为一个大作家，认为写作嘛，除了小说、诗歌、杂文和散文，其他的文字形式简直都是上不了台面的东西。没想到的是，多年以后，我和读者往来的书信先结集出版了。犹记得当初开始给读者写回信的时候，身边的朋友都揶揄我是“知心姐姐”。其实听到这个词儿特别不爽，总感觉这是一个管别人家长里短的形象，和我的大作家理想相去甚远。但是渐渐地写起来，就改变了想法。假如一个人读了点儿书，谈了点儿恋爱，在经过此生的路上，稍微懂得了点儿道理，还能写点儿文字，那么这些生不带来死不带去的经验，你死了，它就跟你一起死了，所以舍不得也没意思，不如就把这些说出来，传给别人，如果对他人有用，这个事也不错。至于方式，是小说，还是诗歌……其实倒也无所谓。

日本文学评论家内田树曾说，这个世界上有两种人。面对很讨厌、很棘手、谁也不愿意去做的事情的时候，一种人会想，反正总会有人来做，所以不用我来做；另外一种人则觉得，如果没有人来做，那就由我来做吧。内田树说，这后一种人就是村上春树小说里的人物。虽然世界很糟糕，个人的力量微不足道，可是如果没有人把这些事情完成一点，再完成一点，那么它便只有彻底地堕落到深渊里去了。我不是村上春树的粉丝，但看到这句话的时候，却惊讶地发现自己是村上春树作品里的人物。而这一切也不是我自己选择的，只是写着写着，就变成这样了，就像日子过着过着，就变成了这样。于是有一天，我跋山涉水、历尽磨难地走啊走，突然发现自己站在了悬崖边上，我的左手边是一片金黄的麦田，右手边是一望无际的大海。我不想从悬崖上跳下去，就此结束我的生命，但也不想回到原来的世界，于是就选择了待在那里，有小孩子跑过来我就拦住他们，把他们送回到安全的世界里去。也谈不上多高尚吧，只是既然你都已经戳在那里了，总不能就这么眼睁睁地看他们掉下去吧……这种事儿说白了，就是闲着也是无聊，其实真没什么好说的。

很多人喜欢塞林格的《麦田里的守望者》，并以此自拟，在我看来，塞林格笔下的少年和塞林格本人一样，并没有真正地去做这些别人不愿意做的事，他只是置身于麦田之外提供了一种设想。如果他真的去做了，可能会觉得厌烦透顶吧，因为这样的事情，做起来又具体、又琐碎，根本不美好，像家务活一样干也干不完。这脏兮兮的世界，无论怎样都擦不干净，本来内心存有少年时救世的干净清晰的梦想，最后总是变成西西弗式的烦恼。于是那本书及时地在青春结束之前结束，并且不可能再有第二本，因为如果你十几年后再回到悬崖边，发现那个曾经如风的少年还站在那里，满脸皱纹，白发苍苍，也许你不会觉得这是一个很美好的情景……

我不是麦田里的守望者，我是麦田里的西西弗，我被命运引领至此、被写作引领至此的时候已不年轻，觉得这个地方也不错，于是就接受了这个任务。看读者的来信，给他们回信，并不能让这个世界得到彻底的改变，甚至不能给写信的人什么更具体的帮助，但是屋子凌乱，如果不打扫，那么它脏乱的程度就会加重。

有些事，如果没有人来做，就由我来做好了。

麦田里的守望者也会老，最后摧毁他们梦想的不是狂风暴雨，不是电闪雷鸣，也不是内心的激荡，而是日复一日的琐碎、婆妈的生活，无聊的日出日落、大片大片看腻了的麦田风景，以及艳阳下的空虚、质疑和面对这个世界的无力感。于是一些人出去赚钱，追名逐利，或者干脆连同自己也堕落下去。他们没有像年轻时候以为的那样，被大人们杀死，他们只是变得更富有，他们只是变成了大人而已。而另一些人选择留下来，他们变成了我，变成了麦田里的西西弗，西西弗永远不会老。

至于那些写信给我的朋友，我从未觉得我的一封回信就能拯救你们的人生。我读信，我回信，我只是做了命运安排我应该做的事，并且时刻记得，每一个给我写信的你，每一个我选择回信的你，每一个读我回信的你，我们都不是随便地遇到另一个人，我们都是经过跋山涉水、漫漫长路才找到彼此。在我们的人生长河里，这因缘际会的短暂的一瞬，不是偶然，而是我们的选择。我希望在这美妙的心灵交会的刹那，足以照亮你转身离去的前路，陪伴你走上一阵子。当火把熄灭，希望这点点的温暖还能支撑你继续前行，直到找到新的拿火把的人。至于我，我也许还站在这里，但是请不必挂念，也不必回头，请将我遗忘，只将那刹那的拥抱留在心间吧。

水木丁

2011 年 9 月 于北京

CONTENTS

目 录

01-100

Chapter 1 死了一百万次的猫

直到最后，它终于懂得爱是美的，也是疼的，泪水是咸的。悲伤证明，活过一百万次的生命，并不是一场又一场的幻觉。它才可以真的死得彻底，且永不再来。

Letter 1

| 女作家的幸福问题 |

水木丁：

你好。

我平时看的书多是女作家的，不过不是伍尔芙啊什么的，我几乎从不接触那些名著，我并不致力于做一个有深度的人，我只想过简单的生活，有简单的快乐和痛苦，足够幸运的话，老的时候，我希望能跟自己爱的人依偎在一起。也许你会觉得这样的想法很幼稚吧，偶尔我也会觉得幼稚，但我还是很向往，俗世的幸福才会有温暖的触感。

我知道的那些女作家，我个人认为她们是很优秀的。但问题是，一个优秀的女作家不见得会是一个好的妻子。她们往往机智、凌厉，有时甚至是居高临下的。她们会是很好的朋友，甚至也可以是最好的红颜知己。但，我很想知道，她们幸福吗？

最近在看侯虹斌的《红颜》。她说，小有才华的女人常常很压抑，没有什么好命，黛玉、宝钗就是明证；极有才华的女人一旦混出头来了，就根本不能指望她们过良家妇女的生活，“不疯魔，不成活”就是此意。我并不觉得现在的女作家会“不疯魔，不成活”，但真的要她们过传统意义上的良家妇女的生活，恐怕是有点困难的吧。她们自身，恐怕也难以忍受那样的束缚吧。而且，真的会有一个很好的男人来包容她们，很爱很爱她们吗？

我知道我这是过虑了，而且这也不该是我考虑的问题。但是，我是真心希望我喜欢的女作家能够幸福。如果幸福的标准不一样的话，那也就没什么了。

言辞有冒犯之处，还请原谅。

不知名的MM

不知名的 MM：

你好。

我们在讨论这个问题之前，恐怕要先澄清一点，就是“女作家”这个概念很宽泛，我们可以把它简单地理解为一个职业，在这个职业范围内，美食生活类图书的作者也一样是作家。但是既然你写信给我，我想你是特指与我很像的一类文艺作品的作者吧。为了方便起见，我暂且在下面的回信中都称为女作家吧。

记得从前，当我还只是个读者的时候，我也在某一段时期比较偏爱阅读女作家们的作品。因为我自身有着太多身为女人的苦恼和问题，于是总会自觉地去寻找一些女作家的书来看，希望能在别人的故事里找到自己想要的答案。当然，这样的问题现在没有了，所以对女作家也就没有那么特别的关注了。我现在依然非常喜欢伍尔芙，但那是因为她是一个伟大的作家，而不是因为她是一个伟大的女作家。不过我觉得如果一个读者并不喜欢读她的作品，其实也没有什么。在我看来，读书应该是一个快乐的消磨时光的过程，刻意地追求深刻不过是一种做作。我从来没有致力于追求深度，只是读伍尔芙的时候真的让人感到一种幸福，就像我在上中学的时候，为琼瑶小说而感动流泪。我尊重每一个给过我美好时光的人。曾陪伴过我的人，我都感谢，并不会因为他们的性别而区别对待。

你说向往世俗的简单幸福，言下之意好像我们这样的人要求得太复杂了。其实很多人有所不知的是，现实的情况正好相反，许多写作或者搞艺术的女性，她们都比“世俗的人”简单得多。我看到你说世俗的幸福简单的时候，心里就想，世俗的幸福哪里简单啊，根本就是要多复杂有多复杂好不好。要知道，我们搞创作的都是自己跟自己较劲，可是你所谓的世俗幸福，不是光靠你的努力就能得来的，还要很多外界的力量配合你才行。比如你的老公能不能一辈子爱你，你的公婆能不能接受你，领导是不是赏识你，同事关系处理得好不好，你的钱够不够花，孩子够不够健康，学习好不好……这些世俗的幸福，其实才是世界上最复杂的幸福呢，这些幸福感，是要靠别人的配合和努力，要牵涉方方面面的关系才能得到，这样的幸福怎么会简单呢？他人的情感和心意，其实才是最难把握的，把幸福建立在一个男人是否能爱你一辈子、孩子公婆是否令自己满意等这样的基础之上，其实是难度很高的一件事才对。

很多人以为喜欢文艺的女人就不会给男人做饭。以前也有人问我对爱情怎么看，我个人的回答是：爱情就是冲他撒娇，跟他耍赖，和他做爱，帮他洗臭袜子。很多人以为文艺女青年就不会给男人做饭，其实我很喜欢做饭，也喜欢给朋友、亲人、爱人做饭，因为我喜欢看他们吃得很香的样子。我会定期收拾屋子，为了使自己住起来舒服，如果某天犯懒，就请钟点工来打扫。小时候谈恋爱，对于将来谁进厨房特别介意，现在觉得无所谓，反正自己的饭也要做，多一双碗筷多一道菜又何妨，自己煲汤也是一大锅汤，别人喝喝又何妨。

所以，你说我算是有才华的女人呢，还是良家妇女呢？其实这本身并不重要，也不矛盾。日子，去过就可以了；爱情，去爱就可以了；写作，去写就可以了。不去贴标签，不去想我是什么，你是什么，才能看到生活最本质的样子。

我身边有喜欢做饭的女作家，也有不喜欢做饭的良家妇女，有的人天生就不爱进厨房，和写字不写字没有关系，就算是“极有才华的女人一旦混出头来了，就根本不能指望她们过良家妇女的生活”，这也不是问题的关键啊。关键是我们干吗非要指望女作家去过“良家妇女”的生活呢？“良家妇女”又不是幸福的代名词。好男人又不是只爱良家妇女，爱女作家的男人也未必就不是好男人。男女之间的情感和婚姻有多种多样的模式，需要良家妇女的就去找良家妇女好了，喜欢女作家的就去和女作家结婚。这个世界上的女人有很多种，男人也一样。婚姻只有合适不合适之说，无所谓谁对谁错，在一段不合适的婚姻里，不可能有好妻子，也同样不可能有好丈夫。

最后，说到像我这样的人能不能感到幸福，是的，我经常感到幸福，写出一篇好文章是幸福的，为心爱的人做一顿朴素可口的晚餐也是幸福。我们这些女作家的幸福，也都是踏踏实实的生活赐予我们的幸福，和你的幸福并无区别。当然，焦虑也有，不过谁的生活里没有呢？在我看来，幸福没有什么不同的标准，就是内心的安宁和满足。婚姻也好，写作也罢，它们并非幸福本身，它们只是追求幸福的方式而已。所以，希望你也同样用你的方式感受到属于你自己的幸福。

Letter 2

| 把贞操留给你自己 |

亲爱的水木丁：

你好。

最近，身边人的一些劝说和建议让我不得不重新审视自己的很多想法。我今年二十五岁，是家里的独生女，个性很独立，没有太多独生子女的娇气。可是到现在，我还没有真正谈过恋爱，有过的也只是暗恋或者网恋。最近，身边的一个姐姐建议我，找个感觉合适的谈谈恋爱，也可以考虑一下发生关系，毕竟年纪不小了，这样下去不好。我也知道这么大的年纪还顶着一个处女的头衔确实有点让人诧异，可是至少那个人得是我心甘情愿在一起的啊，总不至于因为要发生关系而发生关系吧。

我不知道我是要这样一直坚持下去还是要考虑大家的建议。其实现在，如果我想找个男孩子谈恋爱或者说发生关系都很简单。可是那又不是自己想要的。然而，自己内心也有挣扎，女孩子最好的年纪也无非就这么几年，如果都用来等待，不晓得是否算是一种错过。

亲爱的水木丁，我不知道如果换作你，你会怎样考虑和选择呢？亲爱的给我点建议吧！

喜欢你的Echo

Echo：

你好。

经常有姑娘写信给我纠结处女这个事儿，有的信里说男朋友嫌弃我不是处女怎么办？有的说我是处女，男朋友总请求发生关系，我不愿意他就生气怎么办？也有男孩来信说我女朋友是处女我要她不给怎么办？然后现在再加上你这种，我二十五了还是处女怎么办？前几天，我在网上看了一个姑娘讲她陪同学去堕胎的见闻：有十三岁去堕胎的姑娘，有二十几岁就堕胎N次还满不在乎的姑娘，有四十几岁的女人，总之是各色人等一应俱全。

虽然每个人表现出来的态度并不同，但有一点毋庸置疑的是，进手术室去挨刀子的始终是女人，疼的也是女人。不管男人是什么态度，不管不顾冷酷自私也好，温暖贴心负责到底也罢，这个身体所遭受的痛苦，终究是要女人自己承受，没有人可以替代。所以我一直觉得，女人对待自己身体的态度是蛮重要的一件事，因为这副臭皮囊终究是要陪伴你一辈子的，除非是连自己生命一起抛弃，否则它才是你一生都无法抛弃的伙伴。相比之下，男人也好，爱情也罢，反倒是聚散无常的。

所以，我觉得一个女人，无论要对自己的身体做出怎样的决定，都应该是一种认真的态度。因此，我觉得你的慎重，你内心的胆怯和顾虑，都是正常的。这是你的身体，一定要你喜欢、你愿意、你高兴怎样去做才去做。别人说什么，以怎么样的态度对待他们自己的身体，说得再多，听上去再有道理，那都是别人的想法，别人的生活。再好的朋友，再亲密的爱人，也不能代替我们做决定。所以我下面要说的话，只是我对这件事的看法，不是绝对的真理，也同样不能代替你自己的想法，它们只能作为参考意见。

因为这个问题比较复杂，我就分几个方面来讲吧。首先说说婚前性行为的问题。我的个人意见是，我不赞成以结婚来界定一个人什么时候应该开始性生活。男欢女爱，本是最正常、最自然不过的事，年轻人身体成熟了，有生理方面的需要了，那就顺其自然，老压抑它干什么？这不就是大自然赋予咱们人类的天性吗？简称人性。以婚姻来作为性生活开始的标志，是用社会道德、规章制度之类的东西，来制约和压抑人性，这是违背自然规律的。特别是要求女人婚前守身如玉，是完全不顾女人自身的生理需要，把女人的身体当作婚姻的祭祀品，以向未来的丈夫奉献自己的贞操来换取丈夫的尊重和爱，从而保全婚姻。

我们且不说这种事情对不对，退一万步来讲，在我们这个瞬息万变的时代，这种做法根本行不通。现代社会是一个多元化的社会，每个人的人生际遇不尽相同，并不是每个人最后嫁的那个人，都是她最爱的那个人，也不是每个人都会顺利地在十八九岁恋爱，二十几岁生儿育女。现在大龄青年这么多，有的人并不知道要继续等到什么时候才能结婚，或者有的人干脆一辈子就不结婚，难道就因为不结婚，就要一辈子守贞，做老处女和老处男吗？人生苦短，青春宝贵，真爱更是无价啊，一个人如果这辈子不能和最爱的人结婚，也就罢了；但如果一辈子都没有和自己真爱的人做过爱，那该是多么遗憾的人生啊！

话说回来，你那位朋友出的主意，我看也是一个馊主意。什么叫作“可以考虑一下发生关系”？就像你说的，即便不是为了婚姻守贞，也不需要为了发生关系而发生关系，为了摆脱一个处女的头衔就随便找个人上床，这太可笑，也太荒谬了。看起来好像是蛮开放的，但实际上这和把自己的身体当成婚姻的祭祀品是一码事，都是对自己的身体、自己的感受不尊重。一个女人想和一个男人做爱，是因为她也想拥抱他、亲吻他、渴望他，一如他渴望她一样；她喜欢他的身体，一如他喜欢她的身体一样；她渴望把自己交给他，一如他渴望把自己最好的给她一样。

有人说这是欲望，不是爱情，其实爱和欲本来就不是那么容易分清的，女人希望和一个男人做爱，如果不是为了天长地久，那么也要一夕快乐吧。欲望这东西是最诚实的，不是说你和哪个男人领了一张结婚证，就立马能对他产生欲望，也不是你朋友所说“考虑一下发生关系”，就会考虑出来欲望。欲望是不需要任何人来告诉你的，只能由你的身体告诉你。它来的时候，就一定会明白无误地让你知道。只要你有勇气面对它，承认它，像一个成年人一样知道这是再正常不过的事情就好了。

所谓忠诚于自己的感受，有时候不仅是你想要什么的时候就勇敢去追求，还包括你不想要什么的时候就拒绝。是处女又怎样，不是处女又怎样，那都是你自己的事情，谁有权利去评价你的生活正常不正常？我们为什么要因为“我是谁”而感到羞愧？我一直觉得所谓“正常”的人们对所谓“正常”的标准理解很狭隘，很自以为是。有一次，我采访一个心理学家，问过她类似的问题，在什么样的情况下属于不正常。她告诉我说，人的身体、心理以及成长各自有异，其实很多的生活形态都可以被算在正常范畴之内，在不影响他人的情况下，只要你自己能够接受，觉得舒服合适，这种生活形态并没有引起你内心太大的冲突和矛盾，不影响你的日常生活和行为，不影响你的思维判断，那么它就没有什么不正常的。所以，你也没什么不正常，也没什么不好。谁也没资格说你不正常，别听他们那一套。没有必要为了把自己搞得所谓“正常”了，去勉强自己做任何事。

虽然我是不赞成婚前守贞那一套的，但是我觉得一个姑娘的第一次，依然是很重要的，不是为了什么道德观念，也不是为了讨好任何男人，只是为了讨好自己，珍爱自己。男欢女爱是一件美好的事，只不过是要做自己爱做的爱，它才会带给人快乐和享受；否则，它也同样可以成为恶心的、丑陋的事，只会带给人不愉快的回忆。试问不愉快的回忆怎么能给人带来正常的生活呢？一个女孩子最初的体验，往往会影响她一生的性爱观念。

所以，我觉得每个女孩子的第一次，一定要跟自己真正想要的人做，这很重要！要为了自己身体的享受和内心渴望去做，不要勉强，这很重要！不要为了讨好男人，迁就男人，去换取男人给自己的一点点爱，就把自己的身体当礼物去奉献，这很重要！这样的话，即使两个人最后不能走在一起，不能成为夫妻，也是把自己的身体，自己的第一次，留给了自己的爱情，自己最爱的人。哪怕这个人仅仅是当时的最爱，也是自己把贞操留给了自己，是对自己的一种诚实，那是我们从岁月中偷取、为自己留下的青春的礼物。这样，当你垂垂老矣，回想往事，才会对自己说，我做的，是我一生都不后悔的决定。

Letter 3

| 我们凭什么要自卑 |

水木丁：

你好。

我是一名大三的学生。一直很关注你，今早情绪崩溃，所以冒昧打扰你。我是个微微胖的女孩，性格开朗，但唯独不喜欢别人拿我的身材开玩笑。我很受伤，说过很多次，但身边的人似乎不以为意。我觉得每个人都有一处不愿被触及的禁地，既然我说过我不喜欢，那么就不能尊重一下我吗？还是错不在他人，而是我太看不开？

而且，我刚刚获悉高级教师资格证的三门考试我只过了一门，宿舍里，我的成绩最差。我们是一起看书的，这让我很难过。其实，我并不知道自己拿了这个证能干吗，他人的成败也与我没有太大关系。我清楚地知道自己陷入了一个怪圈，但是没有办法改变现状。面临毕业，我希望自己即使不是最好的那个也能是不错的那个，我很想像他人一样顺利地就职，很想像其他的女孩子一样聪慧、美丽、坚强。可是，我在向那个目标进军的时候太辛苦了。进程总是拖沓缓慢，现状糟糕，或深感孤立无援。我现在似乎连最初的目标也模糊了。我一味地刨根问底，为什么他人可以而我不可以？

孤独地挣扎，人生是不是仅此而已？

Sula

Sula：

你好。

你的来信里虽然没有很多具体的描述，但是我可以猜得到一些细节，所以明白你会是什么样的感受。我们生活的这个社会，有一个充满竞争和攀比的价值体系，我们小的时候就总是被人拿来比成绩、比学习，长大了就要比经济能力、比事业、比家庭，除了这些基本的生存硬指标外，女孩子还要被比长得漂亮不漂亮、身材正不正，好像只有那些什么都好、样样都标准的人才配活在这个世界上。因此，很多对胖人、单身女性等的微妙的歧视常常充斥在我们的生活之中。

这些歧视从实质上来说，都来自于这个互相比较和竞争的价值体系。有时我们被它伤害，有时也用它来伤害他人，但很少有人会跳出来想一想，生活是我自己的，我为什么要无时无刻不在和别人比较？别人一定要和我比较的时候，我为什么要就范？要知道，只要参与这个游戏，你就难免会受到伤害，因为它是无情和残忍的，总有人比你更漂亮、比你更聪明或者比你更有钱。你要是不想输，就只有一个办法，不参加比赛，不跟他们玩就是。

也许你确实比别人胖，可是胖二十斤也好，四十斤也罢，这关别人什么事呢？其实这个世界上有些人之所以总是喜欢跟你比来比去，讽刺你、挖苦你，那是因为他们需要靠和你比较，打击你的自尊心，拿你的自卑做养分，好来培养自己的优越感，从而支撑他们那个脆弱的虚荣的灵魂，让他们觉得自己活得还不错。你要怎么做？使出吃奶的劲儿去和他们比？今天你拼命减肥使自己瘦了，明天你就发现有个人在跟你比美貌；明天你去整容了，后天又有个人出来跟你比有钱的男朋友。总之，这个社会教育出来了很多这样的人，他们如果真的喜欢这样的游戏，就会一直想办法玩下去。如果你好强，一直要陪他玩的话，那么有一天就会发现自己的生活不是你自己的，而是别人的。一个每天都在疲于奔命地证明自己、追赶他人脚步的人，内心只会充满焦躁和不安，赢了还想赢，哪有个头儿呢？怎么有可能停下来，好好地享受生活？怎么能学会善待自己、接纳自己呢？

教给你一个不卑不亢的做人的方法，那就是时刻告诉自己，生活不是一场与他人的竞赛，如果你需要战胜谁的话，那个人也应该是你自己。面对那些比自己有钱的人，其实也无所谓吧，我小时候是父母养，长大了靠自己养，我没欠那些有钱人一分钱，我不是他们养的，他们也不是我什么人，我为什么要自卑呢？遇到比我们长得漂亮的女孩，其实也无所谓吧，我爱的人爱我就好，人家三千宠爱于一身是人家的事，各自有不同的活法，我为什么要自卑呢？碰到帅哥就更没必要自卑了，除非你想让对方爱你、娶你，否则的话，大家最多是朋友一场。所以说人要想活得舒服点儿，首先要放低自己的比较之心、贪婪之心，除非你在实际利益上或者心理情感上有求于对方，否则，你站在这世界任何人的面前都不应该感到自卑，因为他们的生活与你无关。不是因为谁比谁更好，而是因为我们是什么样的人，我们的生活是否完美、正常，这些，都是我们自己的事。

至于对那些喜欢拿你的身材开玩笑的人，我觉得你的反应并不是你太敏感，你把内心的感受明确地表达出来，你做得很对。有些人会把恶意攻击藏在玩笑之后，如果对方被攻击时激动了、生气了，他们就会反过来责怪对方太较真儿，开不起玩笑。可是，任何一个待你真诚的朋友，如果发现自己的玩笑伤害了你，他们是会感到内疚并改正的。

人性中是有恶的一面的，一些人会攻击他人，看到他人受苦而感到愉悦。如果他们是在依靠你的自卑为自己的自信和虚荣心提供养分的话，那么他们就会对你的自卑上瘾。你越表现得自卑，他们越停不下来。除非他们找到了另外能够满足他们这种精神需求的对象，否则，你就一直是他们的猎物。碰到这种人，怕和自卑都是没有用的，含糊委婉地解释你的感受也是没用的，因为他们不是真的不明白，你还不如就直接告诉他们，“关你屁事”。不要怕失去这些不尊重你的朋友，如果你不能用勇气和魄力赢得尊重，你就永远交不到真正的朋友。需要你用自己的自卑去喂养他们的自尊心的朋友，也永远不是真正的朋友。

最后补充一点，做一个不卑不亢的人，虽然要放下比较之心，但并不是要活得不努力，不思进取。不跟别人比，不等于自己不求进步。你从前有没有努力去完成你想做的事？比起从前，你的人生有没有进步？最该向你提这些问题的人应该是你自己。身材这件事也一样，不管别人怎么看待你，你应该先自问一下，自己到底喜欢不喜欢现在这个样子？如果喜欢，就不用理会别人的目光和评价；如果不喜欢，就去减肥，努力做自己想做的人。只是这一次，你不是因为迫于别人的压力，而是因为你喜欢这么做。我想这样发自内心的动力，才真正使人自信，给人生带来更多的希望。

Letter 4

| 长情也是一种病 |

亲爱的水木丁：

我今年二十八岁了，两年前我在网上认识了这个让我纠结的A。当时我在读研，他是一所大学的外教，比我小三岁，刚来这里半年。我们约见了几次，一起看电影、参加聚会等，他人也很好，我心里对他很有好感，但是知道他不久就要回国，所以也没有往别的方面想。认识一个月的时候，他向我提出交往的请求，我问他不是马上要回国了吗，他说他需要一个留下的理由，就这样，我们开始交往了。

跟A交往很愉快，我们都是彼此的初恋，初恋总是美好的，因为离得比较远，一个星期只能见两次面，我们都很珍惜。他一直很尊重我，我们相处的大部分时间都非常快乐，初恋的种种美好都是他给我的，但由于是初恋再加上文化差异，两人遇到矛盾，也会吵，一吵起来，我心里就想他快点回国吧。总之，这段感情在三个月后以他回国而结束。

他回去了之后，我们仍然保持通信联系。这样的通信一直保持了两年多，这两年多我也一直是单身。去年的一天，他开玩笑说要来中国看我。十月份他过来了，我们一起去了丽江，也发生了关系。然后，他回去了。在机场，他还是两年前的那句话“我们还是朋友吧”，我也是两年前的回答“当然”。可是这次，我发现我做不到了，我心里还是很想他，但是，我知道我们是没有结果的。我不想再浪费时间了，我不再回他的邮件，跟他说不想聊天了。我想忘了他，却又不想失去他这个朋友，可是我又没有办法跟他做朋友，至少现在做不到，我很纠结。我告诉自己，就算不跟别人谈，也不要把时间浪费在他身上，道理我都懂，可是我就是没有办法解开自己的心结，每天都在跟自己做心理斗争，真的很累。

水木丁，我啰唆了半天，说出来就感觉好点了。

祝你一切都好，心想事成。

奶茶

奶茶：

你好！

可能很多人都觉得难以相信，世界上竟然有这样痴心的姑娘。可人性就是多种多样的，世界上既然会有天性薄情薄幸的人，就会有如此长情的人。据我所知，像你这样的姑娘也不在少数，她们认死理儿的程度恐怕不比你差。可巧的是，我自己也是个长情的人，所以我今天很想对你说一句肺腑之言：姑娘啊，你这是病，得治。

作为一个混长情界的老病友，我实在懒得再多说什么废话了，虽然爱情故事里常常赞美海枯石烂、情比金坚，但是长情这玩意儿发作起来，到底有多烦人、多痛苦，真的只有我们这些病友才会明白。有时候我们甚至会羡慕那些薄情薄幸的人，为什么他们恋爱起来那么容易，恋爱结束的时候抽身又可以那么快，而我们这些长情的人，却要受无尽的纠结和折磨？所有的道理都懂，所有的事情也都看得清，就算是个独角戏，自己也能跟自己演上三四年，你说这不是有病是什么？既然有病，咱就得想些办法来对付它。

人的本性是没有办法改变的，但是哪怕把发病周期缩短几年，也算是缓解了点儿病情吧。所以，下面咱们不讲大道理，只分析病情，讲点儿基本的方法，然后要怎样地因人而异，你就自由发挥吧。

首先，你要搞清楚自己到底想不想治病。这个世界上的寂寞有两种：一种是身外的寂寞，一种是心内的寂寞。害怕身外寂寞的人，最怕的是身边没有人陪；而长情的人可能是后一种，经常形单影只，却最怕心里空虚。所以有时理智也会告诉自己，还是忘了吧，但是内心却一直在麻痹自己，觉得只在心里想念一下是没有问题的。这其实是一种自欺欺人。因为长情的人往往也很专一，他以为他可以慢慢接受其他人，但是其实他做不到。他们不像有些人，心里可以同时容纳两个人，甚至多个人，他们的心里装了一个人就根本再也装不下其他人。所以长情的人，首先要搞清楚自己到底要不要结束这一切。如果要，就不能再自我欺骗，要勇敢地面对失去一个人之后内心的寂寞。即便一时做不到，也要确定这是自己努力的方向。

其次，就是要学会心狠。这个狠，不是对别人狠，而是对自己狠。长情的人爱起来都是入心入肺的，有时候真要说了断，就会如拿刀挖心挖肺一般的疼。这种疼，并不是文学描写中的修辞手法，而是真的可以严重到生理上仿佛有人拿着锤子，重重地敲在你的心脏上的那种疼。

那些薄情的人了断得如此容易，可能是因为他们根本不走心，也根本不知道疼。在这点上，我们和人家不能比。如果你天生是一个长情的人，想活下去就只有一招，对自己够狠。心里长了什么不该长的东西，就是挖心挖肝也要把它挖出去，断手断脚也要把它断掉。伤就伤，死就死，死而后生才能重新开始。

你和这位老外，在我看来，他所谓的继续做朋友，不过是失恋之后找一个情感寄托和兼职床伴，其实你在他心中什么都不是，你没那么重要。这种狠话，本来不应该由我来说，应该是你自己对自己说，不过我看你所谓的面对现实，全都是顾影自怜、期期艾艾，什么时候你也舍得对自己说几句狠话了，舍得把自己的那点自尊、自以为是摘下来扔地上踩两脚了，你得解放的日子也就不远了。

最后一点是，不要有事儿没事儿就给自己心理暗示。有时候女人比男人更容易犯这个毛病，这是因为女人天生比男人更敏感、更会察言观色。因为习惯性地想太多，他的一个眼神，一句话，给自己的一点帮助，或者他回复自己的某一句话，都会让女人琢磨半天。有时候，姑娘们总是会先假设对方是对自己有爱意的，然后就像侦探一样在对方的各种行为中寻找蛛丝马迹，来证明自己是对的。这种预设结论的做法害人害己。

一般来讲，如果一方态度是很决绝的，那么另一方再怎么痴心，也终归有接受现实的一天。问题在于我们是不是自己在不断地给自己灌迷药？不断地进行心理暗示？比如你不想和一个人联系了，那么直接减少联系就好了，为什么还要跑去跟人家说“我们以后不要联系”之类的话呢？其实就是想看对方的一个态度和反应吧。然后，对方因为心软或者有礼貌地给了你一个预期的态度和反应，你就可以再麻醉自己一段日子，周而复始，这一段一段的日子过下来，几年就过去了。

当然了，如果谁就是想一辈子活在过去里，只要他不妨碍别人的生活，倒也无可厚非。可如果连当事人自己都觉得着急，眼睁睁地看着别人的生活在往前走，自己的生活却迟迟不能翻页，已经到了让自己焦虑的程度了，那就的确是比较糟糕的了。有时绑架和欺骗我们感情的人不是别人，而是我们自己。所以，也许你首要该做的不是责怪对方，不是把责任推卸给对方，而是检视自己的内心。到底是什么欲望控制了你，捆绑了你？它用了什么花招欺骗了你的心，让你无法得到解脱？我在此提供的几点方式仅供参考，真正的自由之路还需要你自己慢慢地去摸索，毕竟长情是你的，心是你的，青春也是你的，别人没办法干涉太多。只愿你早日放下执着，真正长大，获得自由，重新开始你的人生。

Letter 5

| 圣人自省，凡人自辱 |

水木丁：

你好，感谢你能百忙之中看这封信。

我今年二十岁了，上大三。前一天考完期末考试，我正在收拾第二天回家的东西，看到一条短信，说我的航班被取消了，需要改签或者退票。我想都没想，就按短信上的电话打回去，结果被骗了三千多块钱。当时室友也在场，说会不会是假的。我没听进去她的话，按着电话里面骗子的指导，一步一步把支付宝上自己省了一个学期的私房钱打过去了。

事后我不断责怪自己，平时还算精明，为什么当时不到好友的寝室去一起商量商量该怎么办，又或者当下多想两秒，不就不会被骗了吗？我把这件事告诉了父母，妈妈也很心疼钱，但是她更心疼我，让爸爸别因为这件事情责骂我。

好羞愧啊！明明已经是个成年人了，却每天都还在给父母添堵。在没有出事之前，我一直鄙夷那种"书呆子"、"高分低能"，现在觉得其实自己就是这种人，除了读书，什么事也干不了。

老师你说，我这么大个人了还这么蠢，以后该怎么办呢？我真的很想变得优秀啊，想变成方方面面的事情都能处理好的那种人。可是被骗之后，我感觉自己什么都不是。上大学以后我所做的努力，只是无用的挣扎。老师，你觉着我往后在生活中该怎么长点心眼，怎么在生活里面努力才对呢？

今天看见你公众号平台上放上了可供提问的邮箱，带着自己的疑问给你写信，希望你能百忙之中回信。

写信的时候，已经把之前每次哭出来的眼泪都释放啦，心情好一点了。

老师，谢谢你。

小潘

小潘：

你好。

看了你的来信，十分理解你的心情，我也想给你讲讲我自己经历过的两件事。第一件事是大概十年前，我刚离开故乡到杭州的时候，曾在一个月里连丢了两个手机。第一个手机是在上班路上被人偷的，那是一个旧手机，值不了几个钱，正好我也想换新手机，就花了两千多块钱买了一个当时最新款的三星手机。过了几个星期，我去上海看一个朋友，那天路上堵车，本来预计两三个小时能到的路，走了整整六个小时才到。我早上出发，到上海的时候已经是晚上，我在上海火车站旁的一个咖啡厅见到朋友，她一见我就拉着我去上海交大听讲座，并且坚决要坐公交车，结果上车以后我发现刚刚买的手机又不见了。当天晚上，上海下着大暴雨，我在丢了手机后，又被淋成了落汤鸡，那真是一个糟糕的夜晚，而朋友对我说过的唯一一句话是："你怎么那么笨。"

我要给你讲的另一件事发生在几年前。有一天早上，我想帮我母亲改签去美国的机票，就在百度上搜索她买票的那家美国的航空公司，然后找到电话打了过去，结果可想而知，这是一个骗子网站，骗子提出我的机票可以改签，而且还可以多退钱给我，因为那时候没有网银，所以骗子要我去 ATM 机上操作。我当时刚刚起床,外面很冷,我的早咖啡还没喝,蓬头垢面,脑子其实并不完全清楚，就一时犯懒，说我一会儿再去，到时候给他打电话。就在把电话挂掉后的两秒钟，我意识到了这可能是个骗子，在网上查了一下这个电话，果不其然。

所以你看，遇到这种糟心事儿的人不可能只是你一个，有句成语，“智者千虑，必有一失”，意思是再聪明的人，想一千件事，也会有一次疏忽的时候。何况我们只是普通人，每天日常生活里琐碎的事情那么多，难免会有精神懈怠的时候。骗子们是干什么的？他们一天二十四小时都在想着怎么骗人、怎么找人性中的弱点和漏洞，怎么在人们最疏忽的时刻、场所寻找机会下手，因此普通人在这样的情况下中招是很正常的。

我不赞同你在受骗之后的自责、羞愧，认为自己太愚蠢这种说法，也不赞同当年我丢手机的时候，我的那个朋友对我说的话。当年看《半泽直树》时，有一场戏是这样的，当半泽告诉一位厂长，他的工厂倒闭是因为他被欺骗了的时候，这位老实的大叔绝望而伤心地说：“半泽，我是个没文化的人，果然是因为我自己蠢才会被骗的吧。”半泽说：“不是，可恶的是行骗的人，这不是显而易见的吗？竹下先生。”

这段话让我印象非常深刻，是因为日本在这一点上和我们非常相似,有一种“耻感文化”。这个词是美国人类学家鲁思·本尼迪克特（Ruth Benedict）在对日本文化做了大量研究后提出来的，大意就是指一种注重廉耻的文化心态，这种文化的特征，就是特别在意别人的评价。如果外界对自己的行为和反应不佳，内心就会产生一种羞耻感。而我们有这样的耻感文化的传承，是和我们的耻感教育方式分不开的。

很多人在生活中可能很难意识到这一点，但其实在我们生活中这种例子随处可见。比如一个孩子数学不好，母亲在辅导他学习的时候，就会指责他的智商为什么这么低，这么简单的问题都回答不出来；一个学生上课不遵守纪律，老师会从人格上羞辱他；考试成绩不好，老师会羞辱他为什么别的同学都会，他却不会。这样的情况在成人世界里也常常发生，比如我丢手机之后，我的那位朋友不但没有安慰我，反而责备我为什么这么笨。有时候我们在网上看到一些案件，有女生被性侵，有人被骗走几十万……人们的反应，常常首先是责怪那个受害者行为不检点、太不小心、品行不端等等，却不是指责那些犯罪分子。

这就是耻感文化在我们生活中最常见的表现，其实很多人是真的认为这样羞辱受害者是为了受害者好，这样就会让他们都接受教训，学会保护自己。老师和家长们真的以为羞辱孩子就可以使他们“知耻而进步”。但结果常常是，被母亲羞辱的孩子长大后继续羞辱自己的孩子，被老师羞辱的学生彻底失去了学习的自信，连原来的成绩也达不到了。

你在来信中反复责备自己太蠢了，太笨了，让我看到的是一个被耻感教育给搞坏了的孩子。耻感文化已经在你的内心深处内化，甚至在某些时刻，还没有人羞辱你，你自己都可以代替外界来对自我羞辱一番。可是，你只是个没有坑害过任何人的无辜的年轻人呀，为什么你应该受这样的羞辱，被这种羞耻感折磨呢？可恶的应该是那些骗你的骗子，这不是显而易见的事吗？

话说回来，生活中出了这样那样的事情，难道自己就没有责任，不应该反省吗？当然要反省呀，要认真地去总结经验教训，避免重蹈覆辙，否则人怎么能进步呢？可是，很多人都搞错的一点是，用羞辱别人或是羞辱自我来让别人和自己感到羞耻，这并不是理性的反省，它唤起的是一种糟糕的感觉，一种负面的情绪。情绪本身解决不了任何实际问题，情绪本身不会帮助人总结经验，它除了没必要的人格羞辱和否定外，根本不会真正地使他人或者自己有进步。真正的自省，需要的是理性，不是情绪。糟糕的情绪可能会导致当事人不愿意面对失败，逃避现实，反倒成了理性反省的一种阻碍。

再拿我一个月连续两次被偷手机这件事来说吧。我的朋友说我笨，我很不高兴，从此大家也渐行渐远，但这不等于我对于这件事没有认真反省过。通过这次反省，我发现我之所以疏忽大意，是因为我虽然一向小心谨慎，但是对防盗这件事全无意识，因此从前的很多出行习惯都需要调整。鉴于此，我给自己制定了一系列新的习惯，比如手机、钱包和任何贵重物品不往衣服口袋里放，人多的时候一定要把包抱在胸前，等等。除此之外，对生活中的很多事我也会进行这样的自我反省，从改变自己的生活习惯入手，制定一些技术层面上的方式方法。比如我过去性格比较急，会一时冲动答应别人我无法满足的要求，后来我就规定自己在这种情况下，统一回复“我需要考虑一下”。我容易丢三落四，就规定自己出门背大包，手里永远不拿东西，贵重的东西用完随手往包里装，虽然这样还会偶尔丢些小东西，但是确实改善很多，至少没出过大事儿吧。

这些生活中小细节的不断积累和生活习惯的自我改善，都是理性分析和冷静自省带来的，羞耻教育只能带来羞耻的情绪，并不能促成理性的思考。我曾经教过几年中学，在我教过的普通中学生里，几乎没碰到过什么天才少年和弱智儿童，大多数学生的智力水平其实并没有那么巨大的差异，但就在这部分智力水平相当的学生中，学习成绩却有很大的差别。那些成绩好的同学，常常十分自信，但他们不是因为学习好才自信，而是因为自信才学习好。相反，我也看到过很多并不笨、甚至是十分聪明的孩子，因为被家中的大人从小羞辱到大，最后彻底丧失了学习的自信和兴趣，成绩反倒更差。有时候看到那些本来聪明伶俐的孩子，陷在耻感的泥沼中，很让人心疼，我这个当老师的，却没法把他们从泥沼中捞出来。有些大人们总觉得这样羞辱孩子，可以让孩子知耻而后勇，从此努力上进，结果适得其反，搞得很多孩子厌学，这就是东方耻感教育的一大误区——在该理性的时候表达的全是情绪。他们对孩子的评价常常是非理性的、情绪化的，使得这种自我羞辱感在孩子心中根深蒂固，以后没有家长陪伴，他们就会对自己进行羞辱，继续用情绪代替理性去解决问题。

从这个角度来说，生活也是一所大学校，只有那些没有失去自信的孩子，才能理性地看待自己的失误和错误，才能够有勇气面对错误，仔细琢磨它们，从中得到教训，吸取经验，用失败换得成功。因为他们相信自己，知道犯了错也没关系，自己绝对有能力解决问题，避免再次犯错。可是用耻感教育出来的孩子，反倒可能因为一想到这件事就觉得羞耻，虽然也会狠狠地责骂自己，但是在内心深处却总是想逃避这件事，不愿意再听到别人提它，不愿意再面对它，反倒无法心平气和地去回顾，也无法真正地去自省。比如像你这样，在哭一通、骂自己一通之后，反倒需要别人来安慰你，这些又有什么用呢？你需要的是停止这种自我责备和自我羞辱，仔细复盘当时的细节，想想自己到底做错了什么，哪个点本来应该注意而没注意到，培养什么样的行为习惯可以改善自己毛躁冲动的问题。

古人云，圣人也得每日三省吾身，可见圣人尚且犯错，也需要反省，何况我们普通人？不过这个反省可不是每天骂自己三遍，把自己羞辱三遍哦。姑娘，3000 块钱咱们丢了，还可以再挣回来，没必要因为犯了错误就自我羞辱。人都是会犯错的，要相信自己有能力学习也有能力反省，有能力找到方法，让自己成长和进步才行啊。因为你只有相信自己，这一切才真的有可能发生。

Letter 6

| 死了一百万次的猫 |

水木丁：

你好。

如今，我的生活偏离了常轨。我失去了体面的工作，曾经长期混迹聊天室，多次一夜情。我接触的人有一天只能吃一顿饭的社会最底层，也有白天光鲜夜晚绝望的“500强”企业精英。我知道有人因为性心理障碍一把椅子坐到天亮，有人无法自持，走上了歧途。这真是一个疯狂的世界。失去生活重心的我，夜深人静的时候，也绝望得想自杀。

写这封信的时候，我还在看你的那篇博客，我又流泪了。这一次眼泪是流往下巴的。可是你，有没有这样的时候？

只有当泪水滑过耳郭的边缘，当你感觉到那一丝丝的冰凉，你才意识到自己哭了。你说我还正常吗，亲爱的水木丁小朋友？

Claire

Claire：

你好。

看了你的信，我想起前不久看过的一个故事：《活了一百万次的猫》。有一只活了一百万次的猫，它死过一百万次，也活过一百万次。它是一只有老虎斑纹、很气派的猫。有一百万个人疼爱过这只猫，也有一百万个人在这只猫死的时候，为它哭泣。但是，这只猫却从没掉过一滴眼泪。它曾经是国王的猫，也曾经是水手的猫，曾经是小女孩的猫，也曾经是属于自己的野猫。但是，它谁也不在乎，它对活着或者死去都不在乎，它经常会说，“我可是活过一百万次的猫啊”。直到后来，它遇到了一只连一次都没有活完的小白猫。这只活过一百万次的猫渐渐爱上了这只小白猫，它们生了很多小猫。可是有一天，小白猫突然死掉了。活了一百万次的猫悲痛欲绝，在它活过一百万次的生命里，它第一次哭了，从白天哭到晚上，哭了一天又一天，最后，它哭了足足一百万次，终于停止了哭泣。这一次，它死掉了，再也没有活过来。

其实我不怎么喜欢“坚强”这个词儿，也不大喜欢被人称为“坚强的女性”。因为这个词儿有一种天然的和生活较劲儿的拧巴气质。这几年，我开始不再把生活当作我的敌人，就不再觉得“坚强”这个词儿是什么褒义词了。前两天，北京有家报纸的记者姑娘要采访我，被我拒绝了。她说，想让我代表单身女性聊聊自己的生活，我说我谁也代表不了。她说，听说你主张不结婚，宣称一个人是一座岛，我说我从没有主张过不结婚，我没主张过任何事，生活就是生活，不需要主张什么，无论是单身的还是结婚的，好好过日子就是了。所以你看，人们的思维方式有时候就是这样，总想着和生活对抗，总会说自己够不够坚强、别人够不够坚强什么的。可是，日子是我们自己的，我们要那么坚强干什么呢？

我并不是因为足够坚强才能够活下去的，而是因为我知道，我就是那只活了一百万次的猫。这个世界上，有的人天生命好，有的人注定要历经磨难，命和命是不能比的，但是注定历经磨难的人，也可以骄傲地说："我可是活过一百次的猫呢！"死过一百万次，活过一百万次，都只是为了懂得生活要教给我们的事，这是我们必须要完成的课题。每个人大概都有他自己必须要完成的使命。我也曾经设想过我的生活应该是什么样子，应该得到什么东西，但是生活总是会给我另外的一些，却偏偏不给我渴求的那些。这是一个讽刺。但是后来我渐渐发现，也许冥冥之中，那些欺骗、失去、害怕、痛苦，所有的这些，都是为了让你明白你必须明白的事。

不知道你有没有觉得，生活好像是故意和你作对一样，无论你怎样努力，怎样改变自己，得到的都是同样的结果？我有过，所有的痛苦、绝望、愤怒……我都体会过。但是后来我想明白了，人的一辈子就像是上一所大学，在这所大学里，根本没什么选修课，只有必修课，你学不会，就再学一遍吧，就这样一遍又一遍重复，一遍又一遍地承受痛苦，直到你学会为止，否则就无法毕业。至于那些生活简单而美好的人，他们大概上的只有小学吧，轻松、容易，但这并不关我们的事啊。

所以，让我们回到开头那个故事，那只活过一百万次的猫，它死过一百万次总是又活过来了，是因为它一直没有完成自己的必修课。直到最后，它终于懂得爱是美的，也是疼的，泪水是咸的。悲伤证明，活过一百万次的生命，并不是一场又一场的幻觉。它才可以真的死得彻底，且永不再来。

我也和你一样经历过痛苦，正因为我不愿把此生重来一遍，所以虽然活得很不耐烦，也要在此生认真学习生活要教我的道理，完成我的作业。你呢，你有认真想过你的生活要教给你什么吗？有认真听过你自己的心吗？有认真跟从你的心去生活吗？我并不想对一夜情这样的事情妄加道德上的批判，可是，身为女人，你要的真的只是性吗？或者我们真正需要的是被人爱？而那些不爱你的、你也不爱的陌生人，他们到底能给你什么呢？这一点，我很怀疑。这是和生活对抗的方式吗？还是向生活索要一点点温暖的方式？抑或是自我毁灭的方式，以示对生活的不合作，自我流放？可如果这样子的话，你如何能听到生活到底要告诉你什么呢？你问我这样的生活到底正常不正常，正常怎样，不正常又怎样？就算真的不正常，也没有影响到他人的生活，谁又管得着呢？可见，这根本不是问题的关键，不是吗？

死过一百万次的猫，最后终于懂得了什么是爱。可是亲爱的，若你的痛苦都不能教会你什么，那么你死了一百万次，都是白死了啊。

Letter 7

| 你看你看爱情的脸 |

水木丁：

你好。身边无数的事例都是这样的：女生遭到男生劈腿，然后发现那个男生的现任女友，论智商，论相貌，论气质，甚至论脾气都公认的不能和自己相比，于是她们反反复复不厌其烦地追问身边的朋友，到底这是为什么？

相反的情况是这样的，你暗恋的人，你喜欢很久的人，或者你爱的人，你们曾经在一起过也好，你只是十年如一日地暗恋他也好，总之，他和他的现任女友是那种肯定会走入婚姻殿堂的一对。但是你对自己的折磨并没有从此消失，你偷偷看那个女生的社交网络，你郁闷为什么你的相貌甚至不及对方的十分之一，你会把不够好看作为自己没有被选择的理由，然后暂时放弃在其他方面提升自己的努力。好像是张爱玲说过，你一生都避免不了暗暗地和你爱的男人的女人做比较。尽管你的内心也很清楚，相貌并不是被选择的唯一标准，但确实是最容易被理解的标准啊。

被这种羡慕嫉妒恨折磨的人，会被解释为内心不够强大、肤浅什么的。若是发现自己喜欢的人选择的对象比自己丑，估计很多人都会松一口气，而发现对方选择的对象惊为天人，恐怕没人会不沮丧吧。这简直就是一种本能。那些把这种本能发挥到极致的人，就会出现这种症状，《欲望都市》里有一集讨论超模的问题，夏洛特说："不管我感觉自己看上去有多好，只要我看到克莉丝蒂·杜灵顿的照片，我就知道我输了。"同理，不管自己这一天看上去多美好，只要脑子里一想到自己可能比不上另一个女生的十分之一，就立刻像泄了气的皮球。也许没这么夸张，但是多少都会有点儿。你能够安慰自己的，除了精神胜利法，除了心灵美，除了修炼气质来弥补剩下的十分之九之外，最靠谱的恐怕只有避而远之，默默祈祷神仙保佑让你这辈子都不要在这座城市灰头土脸地相遇。这是多么不可理喻和脆弱的自尊啊！可是它就那样如影随形，明明觉得不在乎了，可是为什么还是会比较，难道一直要比到死才罢休吗？

Daisy

Daisy：

你好。

曾经不止一个读书很好的姑娘跟我感慨道，自己身边有这样一种朋友，长得特别漂亮，从小到大都不读书，最多就是读读言情小说，可是追她的男人趋之若鹜。这话的意思，是觉得那种姑娘只是因为漂亮才受男人欢迎，可仔细想想，这看法其实是不对的呀。读书可以让人增长知识，但是并不等于一定会让人增长智慧，漂亮的姑娘虽然不读书，但是她们未必就是没有智慧呀。很多智慧本来就是在生活中学来的，而且很多对付男人的智慧，就是在和男人的相处中学到的。如果一个姑娘漂亮但不爱读书，她可能没有专业知识，学历不高，可人家不一定没有生活智慧哦，而且还可能在吸引异性方面超有魅力呢。她可能是既漂亮又好玩，既有勇气又性感。总之，一个姑娘如果能够吸引男人，漂亮固然是很大的一个原因，但仅有漂亮是不够的。当一些姑娘从小就在读书的时候，另外一些姑娘从小就在谈恋爱，只能说，两样做好了都是本事，各自用各自的方式生存罢了。

以上是其一，再给你举一个例子，我曾经看过一个英国心理学家写的一本书，是研究一些著名情侣的面相的。这本书认为，人的审美观是和他们的成长经历密不可分的，人们更容易对和自己长得像的人，或者是对和自己的亲人相像的人产生好感。这在心理学上叫作亲缘性选择。作者以英国查尔斯王子和卡米拉为例，把查尔斯王子小时候保姆的照片展示给读者看，那位保姆简直和卡米拉一模一样。查尔斯王子从小被女王冷落，是由这位保姆一手带大的，保姆在他的心中更像是母亲。这也许能说明为什么当年查尔斯对卡米拉一见钟情，戴安娜那么年轻漂亮，又活泼痴情，可就是抵不过卡米拉在查尔斯王子心目中的地位。

所以你看，我们仅仅讨论一个人为什么会被另外一个人的面孔吸引，都是这么复杂、也没什么唯一标准的事儿，这种不靠谱的事儿，能上哪儿说理去？最后只能回归到那句老话：王八瞅绿豆，对上眼了呗。如果只是找性伴侣，可能五花八门，越新鲜越好；可如果一个人打心眼里被另一个人深深地吸引，只有漂亮是不够的，两个人要合适才行。什么叫合适？你是个标准的大美女，可是他恋母，另一个姑娘没你长得漂亮，偏偏长得正好像他妈，他就爱她不爱你，这就叫合适。你性格温柔又体贴，可是他不凑巧是个受虐狂，而那个她正好是女王，两个人关起门来，她扇他耳光左右开弓，他就是爱她不爱你，人家那就叫合适。你觉得他爱她是因为你想当然的一些理由，其实那个男人真正想要什么呢？我不知道，你也未必知道，也许就连那个男人自己都不知道，反正人家就是觉得合适，所以，你还嫉妒什么呢？

人之所以会嫉妒，无非是幻想如果我成为另外一个我，就一定会得到幸福。可是美女也有离婚的，丑女也有嫁得好的。人之所以存了比较之心，是因为觉得这个世界只有一种标准，我不幸福是因为我不达标。可是生活哪有那样浅薄、那样简单呢？它要丰富得多，有意思得多。那样的标准，都是人定出来的。你要羡慕嫉妒，可是你羡慕嫉妒什么呢？所有你看到的他人的生活，并不是生活的全部；所有杂志上的美女、模特，都不过是表象，那并不真实。为了根本不了解、不真实的东西而嫉妒，有这个必要吗？

我从来不觉得外貌问题是肤浅的问题，因为我一直觉得“相由心生”这四个字十分有道理，一个人内心嫉妒、抱怨、恨，这些都是毁容的毒药，它会慢慢随着岁月，通过很多微小的表情，一刀刀地刻在你的脸上，让一个女人变得丑陋。年轻女孩为什么看着就讨人喜欢？因为她们经历得少，心里的毒素少，所以才会让人觉得特别可爱。很多女人年纪大了，心里的负面情绪太多，慢慢凝固在表情里，就会把人变得越来越丑。你问我有了这样的比较之心该怎么办，很简单，每次发现自己在嫉妒羡慕别人到了焦虑的程度时，就去照照镜子，提醒自己又离怨妇近了一点，告诉自己：这个世界上没有任何一个女人，值得你为她喝下嫉妒的毒药把自己变丑。特别是那些不相干的陌生人，你不必付出哪怕是一条皱纹的代价。

Letter 8

| 做成年人也可以很酷 |

我是一名二十岁的问题少女，几乎到了无可救药的地步。

我一直不相信任何人，一直把事情往最坏的方面去想。什么都不在乎，什么都没有，可以说没有人在我心里占据着什么位置。

前天晚上，一向气盛的我与一位五十岁的阿姨发生了争执，还动了手，推搡过程中她膝盖撞到了台阶导致粉碎性骨折。警察来了，把我逮捕了，以“蓄意殴打他人”为名扣留了一夜，第二天录了口供。尽管是阿姨先辱骂先动手，我也受了皮外伤，但是民警不问缘由，只看阿姨骨折了就立马抓了我。在被扣留的一天一夜里，家人多次提出要求见面赔偿，民警都不肯，直到昨天下午三点把我放出来，让我打电话给家人，说五点之前必须把十万元保证金送到，对方手术起码五六万，钱送到就放人，送不到的话马上送我去拘留所，直到对方病好起诉才能把我放出来。

我家人送了钱，于是我被放了出来。警方说如果对方愿意调解，我将无事，但是对方要多少我就得给多少；如果对方不愿意调解，我除了赔偿还要判一缓一，人生从此有了污点。

看到父母为我凑钱来的那一刻，我觉得自己太不懂事了，他们为了我去求那位阿姨，为了我去求警察，我不知道我现在还是人吗？我不知道我还有心吗？还有是非观吗？我现在脑子一片空白，我竟然没有感到一丝害怕一丝不安一丝罪恶一丝愧疚，老师我该怎么办？

Wenny

Wenny：

你好。

你来信有一段日子了，但我一直没有回复你，因为觉得找律师这类的建议没什么实际用处，这些你父母一定替你处理了，且以你当时的心态，我说的话你未必有耐心听。所以，我把这封信放了一阵子，现在才回复。

我在你的来信中注意到了两点，一是你来信的开头没有按照常规写信的格式，称呼我一句水木丁、水老师等等，也没有说“你好”，而是直接就开始陈述自己的事，这让我觉得你可能是平时说话就比较冲的女生；二是你在信中自称是一个“问题少女”，我觉得这一点也挺有意思，通常我们说的少女，是十三岁到十八岁之间的女孩。一个二十岁的女生其实已经被这个社会视为成年人，而你依然自然而然、不加引号地称自己是问题少女，我想你无意识地这样描述自己，重点不是在“问题”，而是在“少女”，这说明你不愿意长大。我不知道你相信不相信，语言是一种魔力，它看上去是被你主导，由你的思想意识控制，其实反过来，它也可以定义你、控制你。当你经常称自己是少女时，其实是陷入了一个自我心理暗示的死循环，从“我不想长大，想继续当少女”到“因为我还是个少女，我年龄还小，所以有问题可以原谅”，再到“不断发生问题，有愤怒才是真正的青春”，而你的父母也很配合你，你们之间形成了一种固定的模式，谁也打不破，就这样周而复始。总之作为一个陌生人，在读你的来信时，我看到的是一个不想长大、也根本成长不了的成年人。我想这可能和你的原生家庭有更深层次的关系，这里我没法深入去说，我只就我看到的说一点肤浅的感受吧。

你说你没有感到一丝害怕、罪恶或者愧疚，我并不觉得特别震惊或者奇怪，你的心态，还真是蛮像我曾经教过的那些十三四岁的少年们。他们中也有一些看上去总是酷酷的、无惧无畏、六亲不认，成年人拿他们总有些头疼，甚至有些怕他们。

很多人心里自己的样子，都会跟外界看到的自己不一样，即使看到镜子里真实的自己，人们也更愿意相信自己心中的那个自我才是真实的自我。我想在你心里，可能也觉得自己是一个无情的、叛逆的、酷酷的少女。你有你自己的世界，别人走不进来，你把门关上了，我并不知道那是为什么。你若不说，我也就不问了。不过我想说的是，“问题少年”常常不是因为强大，恰恰相反，他们是内心太脆弱了，才要做出一副六亲不认、十分残酷的样子吓人。这就像动物感到受威胁会造出声势恐吓敌人一样，小狗叫得比较凶，大狗反倒不太叫。人也一样，因为内心脆弱不安，才要吼得特别大声，反抗得比别人更用力，才能打败那个压制自己的强大的敌人，那个成人的世界……

可是，写到这里，我却不得不对你说一句十分残忍的话：

你是有问题，但却真的已经不是少女了。全世界把你当少女的可能只有你自己，也许还有你的父母。在别人眼中，你就是一个二十岁的年轻人，你的情绪失控，不会再像十四五岁的时候那样轻易得到原谅。我理解你心中的怒气，那是少年人不管不顾的怒气。可是，虽然在心理上，你觉得那位与你争执的阿姨才是成年人，而你是被欺负的孩子，但其实你的身体已经不是一个少女柔弱的身体，而是一个年轻人成熟有力量的身体了。你以为自己是弱者，必须要向成年人的世界吼得特别大声，反抗得特别用力，别人却不是这样看待你的。事实证明，你已经能够给别人造成很大的伤害了。相比之下，那位阿姨反倒是更弱势一些。

一个人不想长大，总是有一些原因的，但归根结底，无非是因为不长大就可以享受许多孩子才有的特权，或者是对成年人的世界感到害怕。再说了，愤怒的青春是一件很酷的事，谁愿意成为那种满身铜臭、灵魂已经腐烂掉的成年人呢？这些想法我可以理解，但作为一个已经当了很多年成年人的人，我也可以负责任地说一句，做成年人这种事儿，也不一定是少年人想的那样，其实也可以是件挺酷的事。几年前我回家给父亲扫墓，我们那里的墓园，一年到头都有一群妇女在那里趴活儿，一看到扫墓的人，就跑过来念吉利话，然后讨要一两块钱。从前我对她们的骚扰很愤怒，但是那一次，我突然想到一个法子，我跟凑过来的一个女人说，我给你一块钱，把你的烧火棍借我用用，另外你不许说话，还要帮我守着，让其他人不要打扰到我。然后，我十年来第一次没有被她们纠缠，安安静静地给爸爸扫完了墓。这没什么了不起，但是长大就是这样一个过程，每一件小事都是你练习的机会，点点滴滴地积累，直到你慢慢学会控制自己，也慢慢控制一些你周遭的世界，从而慢慢掌握你的人生。

从前我也只会跟这些人生气，觉得很愤怒，却什么问题都解决不了。我也曾像你一样，拖拖拉拉、磨磨叽叽地赖在自己的青春里。我拖了很久，才找到了做成年人的感觉，当你经过反复的反省、锻炼，能够控制自己的情绪，也能够从某种程度上控制自己的人生，那时候，你的内心才真的不害怕自己，也不怕这个世界了。当你不再是一个小动物，你的内心强大远胜于咒骂你的那位五十岁的阿姨时，当你能够理性地看待一件事，能够预料到一件事的后果时，你是不会伸手去推她的。当你平静下来的时候，你会发现你解决问题的能力、你的潜力、你对事情的预估能力，都超出你的想象。而一再被愤怒控制的人，是真正无能的人，他们只能成为愤怒的牺牲品。

我不认为忍让必定是一种美德，因为那也有可能只是因为怂，但愤怒确实常常使人愚蠢。所以我觉得，如果你真的没有感到一丝害怕、不安、罪恶或者愧疚，也不用勉强自己；但是事到如今，如果你对自己的自控能力还没有一点点认真反省的话，一点小事就可以让你被愤怒冲昏头脑，智商降低为零，那才是真的不可救药了。故作无情的人可能看上去很酷，但愚蠢一点儿也不酷。被一点外界压力、别人三两句话就能激怒到失态，甚至把自己一生都搞糟的人，一点儿也不酷。对了，从这一点来说，你有没有想过，自己和那个骂人的阿姨其实是一种人呢？你对她不屑，觉得她活得腌臜，可是如果你到了五十岁还不能控制自己的脾气，暴躁失态，那么她的现在，不就是你的未来吗？

姑娘，你才二十岁，好好解决当下的事，该道歉道歉，该认罚认罚，等一切平息，希望你能好好理清一下自己，吸取教训。无论发生什么，长大还来得及，一脚刹车也还来得及。告别心中那个酷酷的少女，你还可以成为一个酷酷的成年人，等老的那一天，成为一个酷酷的老人。

Letter 9

|爱是寂寞撒的谎|

亲爱的水木丁：

我今年二十八岁，去年年底结的婚。老公是个温厚敦实又善解人意的男人。认识我们的人都说我很幸福，找到这么好的男人。我也曾经认为自己很幸福。我从小就不太乖，初中的时候就跟社会上一些不良青年混在一起，还谈了三场恋爱。高中的时候交了一个比我小两岁的男友，并一直持续到大学期间。

第一次背叛发生在我大二的时候。背叛的原因有很多，但我想最直接也最根本的原因，是因为我寂寞。我在另一个同乡男孩的追求下出了轨。没多久，我又在网上认识了另一个男孩，并迅速由一夜情发展成男女朋友关系。那个男孩很爱我，但他的脾气和性格令我有点受不了。毕业前夕，我在实习的时候爱上一个比我大二十岁的男人，那个男孩知道后用尽各种恶毒的话语骂我，我终于狠下心来跟他分手。

经历过那个男孩之后，我倾向于找脾气、性格都较好的人当伴侣。也是因为这样，我深深伤害了两个非常善良的男人。第一个对我很好，几乎是千依百顺，但他一向没什么大志，家里也没什么钱，我勉励了他几次之后，越来越觉得失望。这个时候，我认识了一个在报社做业务的小伙子，上进心强，脾气也一等一的好，再加上新鲜感，我的心开始向这个小伙子倾斜了。于是，我又一次选择背叛，投向另一个人的怀抱。这一次，我以为自己真的会消停会儿了，因为我找到的人再也无可挑剔。但是新鲜感过去之后，我又不安分起来。最后，我对自己感到完完全全的绝望，我开始看透自己，原来我不停换人，并非是因为那人不够好，而是因为我喜欢刺激，喜欢心跳，喜欢不断和陌生人恋爱，喜欢被爱慕和追求，我“爱上恋爱的感觉”，我“只爱陌生人”！

这场恋爱期间，我出轨过两次。后来，我就和现在的老公走到了一起。

水木丁，我不知道你会不会鄙视我。其实我无比鄙视我自己。这些年来，我谈过的恋爱有九场，没正式成为男女朋友关系的更多。我轻视这样的自己，我觉得像我这样的人是要下地狱的。

我自己也搞不懂。也许是我内心里一直认同世俗的看法，认为女人必须要结婚；也许是我怕老、怕孤独；也许是因为一时冲动……总之，我结婚了，然后，很担心的事情发生了，我后悔了。结婚一个月后，我认识了一个很帅的男生，我精神又开始出轨了。幸好我们不在一个城市，所以只能在精神上出轨，实质上并没做对不起我老公的事。我对老公越来越冷淡，还动不动就指责他。其实，他真的是一个很好的人，我不想伤害他，但有时候就是忍不住。精神出轨的那段时间，我几乎都不让他碰我。我不知道像这样的生活以后怎么过下去？为什么我会是这样一种女人？我对我的婚姻生活感到灰暗和绝望。我的理智和良知在告诉我，我应该做一个正常的女人，该好好爱自己的丈夫和家庭，但是我的情感和欲望从不让我这样。我无时无刻不在期待另一场惊心动魄。我很烦恼，我有时候很想自杀，因为我觉得活下去都是丢脸。

你烦恼的朋友

烦恼的朋友：

你好！

你听过小王子与玫瑰花的故事吗？说从前在一个小小的星球上，住着一个小王子，他是这个星球唯一的居民。他偶然发现了一朵美丽的玫瑰花，小王子觉得玫瑰花太美了，就每天为它浇水除草，精心呵护。然而，玫瑰却渐渐变得骄横起来，伤透了小王子的心，于是，小王子离开了那个小小的星球，四处游荡。有一天，小王子来到地球，他惊讶地发现，地球上有许多的花园，仅一个花园就可以有五千朵玫瑰花，而他自己的那朵，不过是最普通的一朵玫瑰花罢了。

开始的时候，他对自己这个发现很伤心，然而后来，他发现自己还是离不开自己的那朵玫瑰花，因为尽管世界上有无数朵玫瑰花，但只有他的那朵玫瑰花，是他亲手浇灌过、保护过、付出过，甚至为它流泪过的玫瑰花。它早已征服了他，而他也征服了它。

给你重新讲一遍这个老故事，是因为我想告诉你，这世间纵然有许多对感情的背叛，但是没有人可以轻易地背叛和抛弃自己曾经付出的爱。对他人背叛，也许需要承受良心和道德的谴责，但是背叛自己曾经付出的感情，需要承受的是发自内心的自我否定、焦虑和失去的痛苦。所以，如果一个人像你这样，这么轻松地背叛和放弃一段又一段感情，原因其实只有一个——她从来没付出过，也没有真的爱过任何人。她拥有五千朵玫瑰的大花园，但是她从未拥有过一朵世界上独一无二的属于她自己的花。

人人都会去恋爱，有的人谈了一辈子恋爱，却不知道爱到底是什么。爱是一种发自人内心的东西，有的人天生就缺少爱的能力、对爱的悟性和为爱付出的勇气，这和他谈过多少次恋爱、有过多少个情人没有关系。无论他怎样尽力去寻找爱，由于某种原因，他们的内心深处并不产生“爱”这种人类的情感。所以，他可以得到情人、性、婚姻，可以和人建立各种名义上的关系，但就是无法与人相爱——灵魂深处通达彼此。因为他的心从未真正敞开过，别人也到不了他的灵魂深处。

一个在灵魂深处不能爱、不会爱，却偏偏渴望爱的人，虽然一直谈恋爱，也被人爱，但是他依然感受不到幸福快乐。就像大海里的落难者，四周全是水，却依然被渴死。他们的心里有很深很深的寂寞，他们只能一次一次地去追寻激情，想用那种陷入恋爱的感觉来欺骗自己，说这就是爱，但那感觉就像是沙漠里的海市蜃楼，很快会幻灭，一次一次地让他们失望。因为爱来自每个人的心里，而他们的心像沙漠一样干涸，种不出这世界上独一无二的玫瑰。

没有付出，就没有爱。不能真正打开心门接纳他人，就没有爱。爱的相互付出，彼此征服，慰藉灵魂的孤独，让我们感觉自己是这个世界上一朵独一无二的玫瑰。永不付出的自私的人，既不可能给他人独一无二的幸福，也不可能感受到自己是独一无二的那种幸福。激情是易逝的，也易于被取代，唯一不能被取代的，是自己付出过的感情。就像面对五千朵玫瑰，小王子说："你们是美的，但你们是空虚的，因为没人能为你们死。"

所以，你问我会不会鄙视你，我的回答是，当然不会！没有爱，可能很多成长过程中留下的阴影和伤害会伴随终生，一辈子得不到治愈。就像卡伦·霍妮（Karen Horney）说的那样，有些人"即使他得到了他希望得到的一切，也不可能真正享受它"。这样的人，是完全被关在幸福大门之外的人，别说谈九次恋爱，就是谈九十次、几百次恋爱，也不过是寂寞撒的又一个谎，他们只是可怜的人罢了。

所以我想，你的问题，并不是要不要和老公在一起，而是要真实地面对自己，停止用谎言来哄骗自己，追根溯源地搞清楚你自己心理的问题，从零开始，学习如何真正去爱。否则的话，换再多的男人，结果都是一样的。

Letter 10

| 什么都有代价 |

水木丁：

你好。

我有一个同性恋的朋友，前几天被发现了。于是，她被软禁了，她妈妈待在家里守着她。我爸妈和她爸妈是朋友。我看起来还算乖，她爸妈也蛮喜欢我的，于是叫我开导开导她。看着她那倔强、憔悴、无助的样子，我很心疼。我们聊了很多。她说她爱她的女朋友，还有性取向是没有办法改变的。我了解她是一个有主见的女孩子，知道自己要什么。我也开始去了解那个群体，同情且理解。

昨天，我和她妈妈谈了一些，她憔悴了好多，她当然是爱自己女儿的，想为她好，但要改变那些根深蒂固的思想，还是有很长的路要走。我一开始是安慰她，慢慢变成劝她，最后两人都带了一点火药味。我知道自己很不应该，太冲动了。

我现在也不知道该怎么办了。

祝开心。

Gone（走了）

Gone：

你好。

前一段时间，我在网上看到一个集合帖，叫作 *Fuck My Life*，是老外网友凑在一起说自己生活中很扯淡的那些事的。其中有一条把我笑坏了。一个男孩说："今天我妈问我：'你是同性恋吗？'我知道她早晚会问的，于是我很镇定地回答：'是的。'并准备好了接受任何暴风骤雨般的反应，结果我妈说：'太好了，我跟你爸打赌你是同性恋，我赢了一百美元。'"

感觉怎么样？如果你朋友的爸妈是这样的反应，你的朋友会感到满意吗？我想你朋友现在一定觉得她的生活很扯淡，但是真的把爹妈换成这样的，其实也一样很扯淡，不是吗？我不是说要反对同性恋这件事，而是说如果你做了一件的的确确是这个所谓的正常社会接受范围之外的事，你就必须意识到，你也的的确确是把你的家人拖下水了。如果你是一个成熟的人，就不能简单地说"我的事不要你管，我的事与你无关"，因为这不是事实。从感情层面上，父母毕竟不是陌生人，这种情感羁绊不是说斩断就能斩断；从现实层面上，你不能一边吃父母的，穿父母的，上学要父母交学费，又要父母掏空养老钱给你付房子的首付，一边又对他们说："我要自由，我不要你管。"人不可能又要依赖，又要自由，如果是那样，你所说的不要人管，也只是“我要你管的你得管，不要你管的你就别管；你们除了给我钱，给我爱，供我生活，其他什么都别管我”。这是多么霸道、自私的一种逻辑啊。反过来想，你朋友的父母之所以还能用这样强制的手段控制你的朋友，究其根本，也是因为她目前经济上、生活上都无法独立吧。

任性是要有代价的，也要有本钱。你不仅仅需要生存的实力，还要有强大的内心。退一万步讲，至少你要先养活自己，甚至可以养家，你才有资格谈自由吧。被人圈养的动物，本来就没自由可言。所以，什么时候你能够精神强大，对于接纳自己完全没有问题，能抵抗住外界的压力，也能抵抗住外界给你父母的压力了；什么时候你的经济独立，甚至由你来供养父母，给他们带来好生活，可以保护他们了，这个问题也就根本不是问题了。

这是一个残酷的现实，生存能力强的人就是比别人多一些特立独行的自由，多一些被更多人接受的权利。所以，这可以作为你朋友努力的一个根本方向，而不是手里没牌，光凭脾气倔而要求家人承认你。当然，如果你既没有生存能力，又非要和这个社会叫板，那么，很多负面情绪的问题就是无解的。别去跟父母计较谁对谁错，这不是理论上谁对谁错的问题，而是权力的问题。如果你对自己的人生连话语权、决定权都没有，你说什么都可以是错的。仅从理论上探讨对错，也是没有意义的。等你能够决定自己生活的时候，就更没有什么必要去讨论对错了，想要什么就去要，想过什么生活就去过好了。什么都有代价，自由也是。想要自由，就让自己变得能负担得起自由，而不是靠吵架。

西方社会比我们自由开放，对同性恋也比我们更加宽容，可是也别忘记了，西方家庭可不像中国家庭这样抱团取暖、联系紧密，他们的孩子很早就离开家独立生活，他们的父母对孩子也不承担那么多的责任，老人住养老院是很正常的事，年轻时也很少有父母会把养老钱拿出来给孩子付首付。所以，也许他们是自由的，他们可以自由地异性恋、同性恋、双性恋……但是他们的自由，也同样是有代价的，是他们的文化背景所决定的。

至于同性恋者到底应该顺从主流，去找个异性，在对方也知情的前提下结婚，还是坚持做自己，我觉得只要不是骗婚，还是看个人小宇宙的能量大小，最终个人选择吧。能够过上自由自在的生活固然很美好，但是如果小宇宙没那么强大，斗争不来，也不必强求。有时候社会上对于同性恋这个群体的描述过于夸大其词，所以很多事情就被搞得很夸张，很夸张地反对，很夸张地同情，还有很夸张地表达理解的方式，其实这都不是接纳，而是将他们从正常人中区分出去，是一种异化。实际上他们和我们没什么两样，有的人向生活妥协，有的人誓死捍卫爱情，有的人对自己的身份认同有障碍，有的人坦荡接受无所谓。

这种事要看具体的个人，并没有同性恋或者异性恋之分。在异性恋里，为了男大当婚女大当嫁的世俗观念而随便找个人结婚，就那么过一辈子，也谈不上夫妻生活的还少吗？异性恋里，最终因为各种原因，没能有情人终成眷属的还少吗？异性恋里，一边扮演着道貌岸然的夫妻，一边寻找地下情的，不是也很多吗？

所以，真的无所谓同性恋或者异性恋吧，我们都一样，过着普普通通的、不得已的生活，大家都是人，并没有什么本质的不同，也并不是人人都不得已得多么惊世骇俗。一个人，如果他就是一种妥协、懦弱的性格，那么他是异性恋也好，同性恋也好，他都会向生活妥协。正所谓，不得意的人生往往相似，得意的人生却各有各的精彩。

人嘛，其实都一样。我觉得大家都是平等的，所以不会特别同情他们，自己的人生自己解决。他们的人生不容易，但也不一定像你以为的那样糟糕，有许多人的日子过得比你我还要好呢，所以不劳我们高高在上地同情，这是我个人对他们的态度。

Letter 11

| 爱是恨的解药 |

水木丁：

你好。

我的事很简单，不到三十岁，离婚了。准确地说，是正在办离婚手续，和我曾深爱，如今却憎恨的人。离婚的原因也很简单：感情不和。万般无奈，只能走到这一步，是我先提的分手，对方考虑了一段时间，没有挽回，也同意了。本以为两个人可以友好分手，毕竟深爱过，然而对方却认为过错完全在我，过往的一丝一毫、一点一滴都揪出来细细和我争辩，甚至全家上阵和我纷争，争对错、争财产、争谁付出的更多、争究竟谁更爱谁。我没作任何辩解，爱都没了，还去争辩什么。但我的沉默愈发刺激了对方，他们竟拟定了赔偿协议让我对此进行赔偿。

水木丁，你能想象我当时的心情吗？我心底里渐渐生出了恨。我只愿尽快摆脱这段婚姻，远离这个对我而言是毒药的男人。也许我是个坚强的人，面对离婚从未退缩，因为我心底里的恨已经把我武装起来，让我全身上下长满了牙齿，让自己的心变得冰冷坚硬，让我愈发认清了对方的无耻行径。

水木丁，你恨过一个人吗？这是我第一次真正的恨，是那种能生噬对方的恨。现在的自己让我害怕。我是一个生性开朗乐观的人，如今却变得如此阴暗残忍，让我不寒而栗。这段婚姻让我性情大变，这使我不敢面对。我想恢复以前的那个阳光善良的我，我怀念以前那个开心起来就没心没肺的小姑娘，我想继续走好剩下的人生，找到一个真正适合我的好人，过一辈子。

这封信，到这里就结尾吧，谢谢你的阅读。

祝，一切安好。

超尘

超尘：

你好。

有一句话我猜你一定听说过："这个世界上没有无缘无故的爱，也没有无缘无故的恨。"我想你的来信是对这句话最好的一种诠释。在你的信中，你像很多心中怀恨的人一样，描述了你前夫对你种种不堪的行为，对你的种种伤害。我相信你说的话，也能理解你有足够的理由去恨他。但是，恨就是恨，对一个人的心理而言，恨就是一种消极负面的情绪，除非它会激发怀恨者用实际行动去惩罚对方。否则，无论这个恨是多么情有可原，这种情绪给自己带来的害处都将远远大于给对方的。它折磨的是承载它的那个人，让仇恨的主人自己由可爱变得可恨，终日活在郁郁寡欢的阴暗世界里，没有未来，不得超脱。每个人心中的怨念，都像一头野兽，恨是它的一种养料，你不断用恨喂养它，它就会慢慢长大，最后变成一头怪兽，反过来把你吃掉，让你最后变得人不人鬼不鬼的。那样的人生，才是真正的地狱般的人生呢！

很显然，你自己是很明白这个道理的，可是恨就像爱一样，是人类正常的情感，当这些情绪存在于心中，开始生根发芽的时候，它在心中会积累得越来越多。它不是水龙头，说关上就能关上的，既然爱不是说停就能停下来的东西，那么恨也一样。

所以说什么以德报怨，说什么“别人如果打你左脸，你就该把右脸伸过去”之类的话，我觉得都是胡扯。我们又不是受虐狂，又不是天生下贱，为什么非要这么做？甚至连孔子也从没有说过“以德报怨”这样的话。当学生问他老人家：“以德报怨如何？”他老人家说的是：“你拿德报怨，那要拿什么来报德呢？当然是以公正来报怨，以德报德啦。”所以你看，连孔子都不搞这一套，咱们何必没事儿找事儿装孙子呢？

不能原谅，就不原谅好了。恨是负面情绪，但一味地忍耐装圣人也让人很郁闷，容易得癌症。恨作为一种负面情绪，当然可怕，但并不可耻。没有什么应该不应该的，恨了就是恨了。即使是毒药，那也是我们内心感受的一部分。如果它真的发生了，何必压抑它，就用同样自然的解药去化解好了。这个世界，万物相生相克，爱和恨也是这样。爱能产生恨，也就能化解恨。不过，我这里说的爱，可不是一味地去索取别人的爱，而是对别人付出爱。

这个世界上并不是只有男女之间那点事儿才叫爱嘛。帮朋友泡一杯暖茶，给家人一个理解的拥抱，经过地铁时给流浪歌手一块钱，把自己的旧书旧衣服找出来捐给山区的孩子们，这些也都是爱。如果你不能爱那个你恨的人，就去爱你可以爱的人好了；如果不能去做那么大爱的事，就去做一些举手之劳的小事好了；如果不能对陌生人好，那就先为自己身边的亲人朋友做做好事好了。重要的是，你肯去做，肯去爱，不会因为没有回报，就吝啬地不肯给别人爱，也不要因为曾经有一个人伤害你，就去恨整个世界。

我们都不是圣人，不必去强求自己道德高尚，之所以要付出爱，是因为对一个人的心灵来说，给予爱比得到爱更重要，因为只要你开始这样做了，就是在和这个世界进行能量的互动，就证明了你还有爱的能力，你的心还没有腐烂，你的灵魂还没被恨吃掉，你还能帮助他人，你还有生命的活力。当你知道自己还活着、还美好，这世界上还有什么比这更好的事呢？还要什么回报呢？你如果能够因此身心健康地活着，那么生活就已经用它的方式把最好的回报给你了。

如果恨是毒药，那么爱就是唯一的解药。驱散心底阴霾的阳光从不是来自天外，而是来自你的内心，等到那时候，你就会明白，你当初恨的那个人，以及恨他的理由，其实都不重要。

Letter 12

| 公主病是一种什么病 |

亲爱的水木丁：

你好。

纠结了很久，终于决定写这封信给你。

我是个很出色的女孩子，有自己的舞蹈工作室，无论是相貌、身材还是其他，都是同龄人中的佼佼者。从小到大，身边不乏追求者。在二十四岁之前，我的感情一帆风顺。我和初恋初中就认识了，上了大学之后，随着距离拉远了一切。我认识了第二个男友，一晃又是四年。他们都对我非常好，分开的原因有很大一部分是我不能坚持。男朋友不在身边，有追求者很容易心动。但在爱的时候，我也是真心付出的，但最后的分手都是由我提出，给对方造成了不能弥补的伤害。

今年过完年，我从外地进修完舞蹈回来，在网上认识了两个男孩子，不算是网友吧，都和我是一个城市的，我简称A和B好了。A比我大四岁，做生意；B比我大一岁半，有工作，家里条件非常好。纠结了很久后，我终于下定决心和A在一起。在一起后并没有那么顺利，我和他出去老是感觉不像情侣，不能手拉手，一起走还要拉开距离。在我一再追问下，他告诉我他有个谈了八年的女朋友，但没有感情了，已经决定分开。我当时并没有多想，我无条件地相信他，对他好，他对我也很好，我们像正常情侣一样。但突然有一天，A告诉我说，他已经和那个八年的女朋友结婚了。那时他还和我在一起，甚至结婚的那天下午他都来见了我，我却全然不知。他说他这么晚才告诉我就是不想让我离开他，他可以离婚和我过，但有些事情没有办法。

我很伤心，觉得被骗得好彻底。B也知道了这件事，我以为他会幸灾乐祸，看我笑话。但他还是一如既往地对我好，说让我等等，他和现在的女友没感情，就这样，我做了B隐形的女朋友。直到有一天，他女朋友的一个电话让我彻底从梦中醒了过来。原来他们谈了三年，从没分开过，而且也许明年就会结婚，我却全然不知。

水木丁，也许你会觉得我很傻，我怎么想都想不明白，怎样的爱才叫爱？水木丁，你觉得这会是报应吗？

灰心的小女子

灰心的姑娘：

你好。

看了你来信中所讲的事，剧情的确堪比黄金档的狗血电视连续剧，男主角自私自利，撒谎欺骗已是让人忍无可忍，你竟然还一连碰到两个，这真是让人大跌眼镜。按理来说，谁都有少不经事、头脑发热的狂恋青春，运气不好碰到人渣的事也是有的。但是如果同样的跟头你连栽两次，就有些问题了。你问我这是不是报应？我说不是，男女之间谈恋爱，自由选择本来就是每个人的权利，没什么报应不报应、惩罚不惩罚之说。不过不是报应，却有因果，你今天被欺骗的结果，固然有其外部的原因，但也都有你自己当初种下的内因，所以也许你的确应该好好反省一下。

我曾经在网上遇到一个姑娘，她给我讲了她三次被骗钱的经历。最后一次被骗，是她在火车站赶火车的时候，遇到一个骗子当着她的面捡到一个金戒指，被她看到之后，要跟她对分。这样老掉牙的骗术其实只要不贪小便宜，骗子就不会得逞，但是还真就骗到了她的钱。事后她的心理是，这个世界太丑恶，坏人太多，全世界都在欺负自己太善良，太无辜。我对她说，也许应该检讨一下自己，不要太贪小便宜。她非常愤怒，随后将我拉黑。所以有时候世界就是你内心世界的一个映射，你是什么人，常常会导致你一再地遇到某一类人。那位姑娘爱占小便宜，就会经常受骗。你跟她实际情况是不一样的，但理论上，你接连遇到的这两个男人，也是你内心世界的一个映射。

你说你是一个出色漂亮的女孩，这点我非常相信。因为看到你后面讲的事，就是典型有“公主病”的姑娘会遇到的事。因为从小漂亮出色，也被人疼爱，所以自视甚高，非常骄傲，加上美貌给自己带来过太多的好处，所以十分相信美貌的魔力，觉得自己就理所应当被宠爱，根本不相信这个世界会有男人不爱自己，欺骗自己。你瞧不起相貌条件不如你的平凡女人，觉得只要自己想得到的男人，就该得到。也正因为如此，才让你一而再，再而三地做出错误的判断。

为什么听 A 男说要和交往八年的女朋友分手，你就会相信呢？然后 B 男说要和女朋友分手，你又会相信呢？你归结的原因是自己很傻很单纯，但是我觉得更深层次的原因，还是你过于自以为是了，以为别的女人都是庸脂俗粉，而你是公主，男人们都会拜倒在你的石榴裙下，会为你抛弃那些平民女子，他们怎么舍得伤害你、欺骗你呢？

所以，你不是太轻信别人，你只是太轻信自己罢了。有时候，美丽的女人很高傲，但是她们并不难欺骗。你的前两次恋爱都是发生在校园里，对方是单纯善良的少年，而且都很爱你，所以你可能并不知道谈恋爱的时候，男人的人品和真诚是比什么都重要的事。没有遇到过人渣，就不知道遇人不淑是什么后果。所以从这点来说，这也算是公主病的因，所有才有后来你被欺骗的果吧。不过这当然不是什么报应啦，你只是谈个恋爱而已，又不是做了什么大奸大恶的事，哪里就至于受惩罚了？我想这只是生活通过它的方式，让你懂得你从前不懂得的事情，让你学会带眼识人，这样，下一次你遇到一个好男人的时候，你才会懂得珍惜他，不错过他。其实生活里有些坏事之所以发生，是为了让你未来能遇到真正的好事情。

成人的世界是复杂的，没那么坏，也没那么好，但绝不是童话。并不是你觉得自己是个公主，别人就一定会把你捧在手心里。更何况我们现在不是在中世纪的欧洲，在这个生存艰难、充满了世俗计较的社会里，你遇到的更多的男人既不是王子，也不是大灰狼，他们只是买卖人，算计着自己的一点得失，他们并不会因为你的美貌和出色就一定为你牺牲他们自己。美貌和出色当然是有魔力的，但是美貌和出色的姑娘多的是，公主如果肯钻出自己的象牙塔，不要那么狭隘，少读点童话，多读点历史，就会知道，这个世界上美貌和出色的姑娘常被居心不良的男人算计，如果不够聪明谨慎或者懂得保护自己的话，运气反倒会很差。

至于灰心，我觉得大可不必。生活先是赐予你美貌和优秀，然后又让你跌了跟头，只是要教给你从前不懂的事，能够吃一堑长一智就是好的。每个人都是这么摸爬滚打过来的。在生活面前，人人平等，没有公主和平民之分，你也一样。只要你还懂得反省，能够真正地让自己成长起来，你的未来依然是不可限量的。

Letter 13

|“爱自己”为什么这么难|

水木丁老师：

你好！

我的性格很弱，是很小女生的那种，一旦有了男朋友就会很黏，久而久之，就把自己给丢了。我觉得和男朋友在一起的快乐超过任何事情，所以我会情不自禁地把跟男朋友相关的一切排到第一位。

他批评我说我应该先爱自己，而不是先爱他，应该把自己放在最重要的位置，而不是他，如果自己都不爱自己，别人怎么会爱你呢？我也明白，可是我做不到，我总是陷进去，找不到自己。我该怎么办呢？

谢谢你！

小惠

小惠姑娘：

你好。

你的来信虽然很简短，却问了一个大问题，你的困惑也确实不是个例。记得前一段时间，有个姑娘在我们的论坛上提问，说自己还是个处女，男朋友总想和她发生关系，但是她父母告诉她婚前性行为是不自重的。男朋友则告诉她现在时代不同了，在恋爱的过程中做爱是很正常的事。她的女朋友也是意见不一，有的告诉她要守贞，有的觉得这没什么大不了。问了所有人的意见后，她反而更困惑了，于是来论坛继续提问，到底是否应该跟男朋友发生关系呢？女孩这样做，会不会是太不自爱呢？于是我问她，你自己到底想要什么呢？看你在问题里的描述，全部是你爸爸怎么说，你妈妈怎么说，你的男友和闺蜜怎么说，可唯独没有你自己对这件事的看法。如果一个人连自我都没有，怎么能谈得上自爱呢？结果这位姑娘很生气，说水老师你怎么能说我不自爱呢？

可能解释起来有些复杂，但是我所说的不懂“自爱”，确实不是贬义，这位姑娘并不是因为她主观上不想自爱，而是她想要爱自己，却没有先认识自己，不知道要爱的这个自己到底是个什么样的人，她到底要什么，所以爱而不得法。我觉得所谓的“自爱”和“自恋”的区别就在于，一个人爱自己，爱的是一个有独立完整人格的人，一方面，他有欲望需要被满足；另一方面，作为一个完整的社会人，他也有能力和自信去承担责任，可以选择妥协和牺牲。这是一个在人格和人品上确实值得爱的人，只不过那个人恰好是他自己而已。而“自恋”则完全不需要这些，它可以是一种非理性的迷恋，是巨婴式地要求这个世界无条件、无限制地满足自己的欲望。很多自恋的人每次向他人索取的时候会以“自爱”为名，觉得我这就是自爱，许多媒体文章告诉人们要爱自己，因为爱自己才能身心健康啊，我这么做有什么错？但是他们不知道，实际上他们那叫自恋，不叫自爱。

也正因为如此，我很少劝人说“你要自爱”，因为在我看来，自爱其实是一件很难的事，它不是万金油，包治百病，遇到什么样的问题，只要祭出“自爱”这两个大字就万事大吉了。爱是这个世界上最公平的事，无论是爱自己还是爱别人，世间都没有无缘无故的爱。我们爱上一个人，是因为他长得好、性格好、有才气、有幽默感等等；爱自己也一样，可能要经过漫长而艰难的成长过程，寻找自己、认识自己、接纳自己、改变自己，最后才能够爱自己。这个过程可不像很多书里写的那样，只需要任性就可以了，它有时候甚至是痛苦的，令人彷徨无助的。

当你在认识自己的过程中，看到自己身上的种种缺点，懦弱、自私、暴躁、贪心甚至是内心阴暗；当你深深体会到自己的无能；当你需要做出重要的决定，而你是这个决定的唯一负责人，你不能为此抱怨任何人……这些时候，你会知道，你身体里的这个“自我”，并非完全是幸福的源泉，它可能是沉重的、令人不堪重负的，甚至是连自己都厌恶和鄙视的。这样的自己，你会接受它并爱它吗？有时候是不是恨不得没有自我算了呢？要是有个人替自己的人生做所有的决定、承受所有的结果、承担所有的责任就好了，这样的人生会不会轻松一些？也正是因为如此，纳粹德国时期很多年轻人都宁愿放弃自我，跟随希特勒的脚步，因为他们太迷茫了。自我太沉重了，爱自己，有自己独立的人格，就不得不为自己负责，这太累了，太难了。就连安迪·沃霍尔（Andy Warhol）都说，他最想雇的人是一个老板，这样就可以有人告诉他每天该干什么了。一代宗师尚且偶有感慨，何况我们普通人呢。

就我们今天这个时代来说，有些姑娘把自己全身心地奉献给一个男人，把爱情当作一种信仰，这和纳粹时期的年轻人是一样的心理。把自我全部托付给一个男人，看上去好像是自我被剥夺了，但事实是她们并不知道怎么处置这个自我，所以她们自愿把自己拱手奉献给男人，并以此换取男人的关照。由此可见，“自我”是一个多么严肃的哲学命题，真正的“爱自己”是多么艰难的事。我真的没有办法对一个吃喝嫖赌样样俱全的人说出“你要爱自己”，如果我给他这样的建议，那么我其实是在建议他自恋，而不是自爱。自恋和自爱的不同之处就在于，自恋是盲目的，它不需要这么大费周章、痛苦成长的过程。就像有句话说得好："你长得丑没关系，他瞎就可以了。"自恋的本质其实也是一样的——一个人再怎么一无是处，只要他自己还足够瞎，就可以一辈子做自己的脑残粉了。

我不会像你的男朋友那样去责备你没有自我。大多数的中国女孩之所以没有自我，是因为她们从小就是这样被抚养长大的。一个女孩从小就生活在父母身边，父母替她做了几乎所有的决定，上大学后一方面经济上要继续依赖父母，另一方面生活上归学校保护和监管，毕业后继续回到父母身边生活，结婚出嫁时从父母的手中被移交到丈夫的手中……很多中国女孩在她们人生的前三十年里，几乎从没有作为一个完全独立的人独自在这个社会上生活过一天，她们如果没有自我，那真是太正常不过了，怎么能怪她们呢？

所谓存在决定意识。自我意识虽然是个形而上的哲学课题，需要深刻地思考，却也是在日积月累的生活丛林中被不断磨炼出来的。我们必须承认，西方社会很多年轻人要比中国的年轻人更独立、更有主见，人格上也更成熟，这其中一个很重要的原因，是他们在十八岁以后就搬出父母家独自生活了——马桶堵了自己找人通，家里闹耗子了自己想法打，室友神经极度敏感、难以相处要自己去设法面对，钱花光了自己勒紧裤腰带挨到开工资，自己做了蠢事怪不得别人只能找个角落反省，犯了错误也只能自己承担后果……

我不止一次碰到姑娘问我，要如何做自己？我说，做自己不是纸上谈兵，先从父母家里搬出来独立生活试试吧，这比讲什么大道理都有用。注意哦，不是从父母家搬出来住到男友家去，不是从依赖父母变成依赖男朋友，而是你真正独自一个人去面对生活。然后呢？姑娘们常常也就没有什么然后了。我一点不想责怪她们懦弱，现在对女孩的教育就是一边告诉她们要做自己，一边把那些有独立人格的女孩子视为异类、丑化成抠脚女汉子。女性做巨婴被看作是正常的，人格完整独立反倒成了不正常的事。人人都说要“爱自己”，人谈特谈的架势就像叶公谈论龙，可要是龙真的来了，很多人是不堪重负，要被吓死的。

所以，在我说了这么多以后，你依然确定你还想开始学习“爱自己”吗？在这里，我必须要告诉你，“爱自己”不是一句咒语，不是每当遇到困难你多念几遍，生活的问题就能全部自动解决。成长的道路有风险也有痛苦，万一走岔路还容易走火入魔，但如果你最后真的成功了，那将是海阔天空的自由。另一方面，做个巨婴就没有这样的烦恼，更省心也更轻松，如果一个人运气足够好，能当一辈子的巨婴，跟着一个奶妈也未尝不可，只要当事人自己觉得开心，我倒觉得也没什么不可以。

只不过当巨婴也是有很大的风险的，奶妈有可能会突然跑掉。就比如你男友这样，虽然表面上看是你性格很弱，完全放弃了自我，处处把他排在第一位，其实是你扮演了一个巨婴的角色，让他扮成了奶妈，满足你一切需要，陪伴你，照顾你，替你做决定，为你的人生负全责。从你男友的话来看，他已经不堪重负，产生逃跑的念头了。他现在有些想推卸当奶妈的责任，这对你来说是个危险的信号。

人们常常忙着学习怎么去“做自己”，却忘记了问自己一句，是不是真的那么想做自己？我并不认为“爱自己”是人的唯一活法，也知道这条路上的艰辛，不是所有人都能坚持到底，所以我也不会建议你一定要这样生活。要不要爱自己、做自己，你可以先好好想一想，这往往需要一生的时间去想清楚和真正实现它，那些最后真正和自己和解的人就是这么走过来的。这个过程漫长而痛苦，但最后的结果可能是非常幸福的，因为很多人为了能够爱自己，最后不得不把自己变成了一个值得自己去爱的人，有些人也因此变成了值得别人去爱的人。我想这才是“爱自己”这三个字，真正值得你去冒险的理由。

Letter 14

| 生命中不能承受之幸福 |

亲爱的水木丁：

你好。

我老公高大伟岸，是个人见人爱的大帅哥，收入又高，脾气又好，会体贴人。可是我长得不漂亮，属于站在人堆里永远都不是最美的那个。虽然我不止一次地告诉自己别在意别人怎么看，别过分敏感、别心眼如筛，可是他身边时常有女孩表现出对他有仰慕之情，他也很开朗，很喜欢和别人搭话开玩笑。

这次他们公司一起去旅游，他带上家属，我发觉自己好自卑，没有别人的老婆漂亮，也没有他身边的女同事漂亮。一路上，很多女孩子跑过来和他说话，很热情，我只能强颜欢笑，心里不停地告诉自己，我也不差的，虽然我的眼睛长得不够好看，但是我比她们学历高、收入高，有广泛的兴趣爱好，也有拿得出手的作品。可是我还是有畏惧，有恐慌。

其实，婚后我们一直关系很好，但我就是时常做噩梦，梦见他和别人走了，不要我了，醒来心跳得很快，倒吸凉气，恐惧已经充斥了我的整个内心。我在他面前还没有表现出来我的害怕，只是有时睡觉前会半开玩笑地说："我做梦梦到你不要我了，会吗？"他总是回我："别胡思乱想了，怎么可能？"只有一次，我彻底发泄了一回，那是我坐月子的时候。他们公司的人提议一起去自驾游，可以带家属，可是我还在坐月子喂奶肯定不能去。但是他说他都和同事们说好要一起去了，不可能再反悔了。我当着他的面大哭起来，说我不同意他撇下我一个人去。他当时也很生气，一夜都没有理我。第二天，我和他赔礼道歉，说你去吧，但是他没有去。

我现在想来，他当初抛下坐月子的我和孩子，自己要去旅游的决定还是让我挺伤心的。我想我不能每天都让这样的问题折磨我，我是不是要去看心理医生？我是不是太善于嫉妒？我真的好害怕失去爱的感觉。现在我很幸福，我害怕幸福走掉，我还有了孩子，如果有一天他真的离开我了，我想我真的会想不开的。

Wendy

Wendy：

你好。

我有一个发小，由于父亲家暴，母亲体弱多病，家里又十分重男轻女，所以童年过得非常不快乐，我母亲在街上见到她，回来总要跟我念叨几句，说这个孩子真可怜。但是长大后，她的运气渐渐平顺了起来，特别是最近这十年，她人生中所有的大事基本都是一帆风顺，先是嫁了个为人踏实又有能力的好男人，然后又进入了北京一家稳定的事业单位工作。按理来说他们夫妻有车有房，生活小康，已经是无忧无虑得让人羡慕了，接下来她就应该跟别人一样，按部就班地步入母亲的行列，但是我这位朋友迟迟不肯要孩子。因为小时候家庭给她留下的心理阴影太深了，所以她不相信自己配得上现在的生活，更别再提去追求更多的幸福。她也知道现在她的生活几乎完美，命运补偿了她，她十分感恩，但是同时，她又觉得自己配不上这样的生活，总是担心坏运气明天就会到来，种在她心里的这份对人生深深的怀疑，让她无法轻易地相信自己可以幸福。

不知道你是否听过老人们常说的一句话："这个世界上没有吃不了的苦，只有享不了的福。"人们总以为幸福就是不断地得到，得到钱，得到爱情，得到婚姻。可是，其实很多人在心想事成、品尝到了拥有的幸福之后，便也开始了对失去这一切的恐惧，对幸福结束的惴惴不安。所谓灰姑娘嫁给王子，只是故事的大结局，却不是人生的大结局。就像我的朋友那样，虽然生活已经足够平静幸福，却依然无法克服内心的恐惧，无法鼓足勇气再往前走一步。就像你这样，虽然嫁了一个人人羡慕的老公，却时时担心被抛弃。所以我觉得，一个人拥有的幸福有多少，不是外物拥有多少，而是自己的内心到底能感受到多少。

钱要花掉了才叫钱，否则就只是个数字；美味要吃到嘴里才能叫美味，否则只是摆设；幸福要感受得到才叫幸福，否则就成了痛苦。又英俊又可爱的老公会不会出轨，这谁也难以保证。就算你老公人品并不差，也还是会有可能夫妻感情变得琐碎平淡，抵挡不住外面世界的诱惑。可是至少你们现在是在一起的吧，现在他还很爱你的吧。如果你连摆在眼前的幸福都不懂得享受，跟守财奴守着万贯家财舍不得花一样，万一有一天人没了或者钱没了，才想起幸福曾经就在眼前，可是自己却一辈子没享受过幸福，也没有真正得到过幸福，那才叫悲剧人生呢。

只得到十块钱，却能感受到十块钱幸福的人，比中了一千万，却整天惶恐着被人偷、被人抢，每夜每夜睡不着的人要幸福得多，因为幸福对前者来说，不多不少，刚刚好。所以，幸福也是一种感知的能力，有这个能力，一花一草都可以让人幸福，没有这个能力，坐拥金山，三妻四妾，如意郎君伴左右也没有用。当然了，这种能力的得来也不是钱能买到的，也许还是在于个人的成长和修为。

一个现在感受不到幸福的女人，未来就能感受得到幸福吗？一个感受不到幸福的女人，能给别人带来幸福吗？未来既然不可知，那么就好好珍惜现在，尽量幸福地在一起不好吗？爱情是容易的，但“永远”这种东西，一定要去奢求，真的就只能说是贪心了。灰姑娘嫁给王子是个好的结果，但这么好的福气，也要有那个命去享受才行。幸福有时候太大了，会砸得人不知所措，让人不能承受。既然命运把这个男人安排给你了，那他就是你的人，十年也好，十天也好，安之若素地接受就是了。怀着“你来了我当你不会走，你走了我当你没来过”的心态去过日子，可能反倒过得更长久一些。

坦率地说，看到你说有女同事和你老公说话你就开始暗自比较，我觉得你这样挺没意思的。说到底还是有些狭隘，修为不够，只有守财奴才会看谁都觉得人家想偷自己的钱。也许别人的老公、男朋友在硬件上没有你老公出色，可是未必人家就不是真爱、过得就没有你幸福。你觉得你老公样样都好是个宝，可人家还未必稀罕呢！你凭什么就觉得人家日子过得不如你，非要来抢你的男人呢？日子难道不是自己过得好才算好吗？难道你所有的成就感都来自于跟别人攀比吗？这样的态度去过日子，觉得不如别人过得好就患得患失，觉得比别人过得好就疑神疑鬼，怀疑别人要破坏自己的婚姻，这样去认识生活，也未免太肤浅、太自以为是了吧。说几句话而已，时代不同了，男女授受不亲那一套早已经行不通了。我们不必非要追求宽容大度，做完美道德的楷模，但能将这些放下的人才能得到自由和幸福，否则的话，你将永远活在这种无谓的痛苦之中。

至于你坐月子和老公吵架的事，我倒觉得你没有做错什么啊，哪个没有经验的人跟一个刚出生的婴儿单独在一起都会抓狂的。这个时候女人需要爱人的关怀和陪伴。不过，男人进入父亲角色可能会比较慢，要男人完全体会女人的感受，其实也不大可能，而且他也有改变，所以太过记恨倒也没必要。但如果真的有点产后抑郁倾向的话，那就真的要早去看心理医生，求助些药物治疗。这又另当别论。

Letter 15

|爱情是女人的全部吗|

水木丁老师：

您好。

也许每一位鼓起勇气来给您写信的人，都处在被生活、自我折腾得精疲力竭、濒临崩溃的艰难阶段，我也一样。

我天性敏感、好胜，思维总是不自觉地带着消极，不擅长亲密关系的处理。这也许和我的成长经历有关，从小父爱缺失，家境也不富裕，一直很努力学习，成绩很优秀。我的原生家庭气氛很不好，父母就是搭伙过日子的类型。

感情方面，我有过几次短暂的恋爱，都因为双方的落脚城市不一样而分开。在男性的眼里，事业上的成功远比感情重要得多。这样一来，我总是有被抛弃的感觉，感觉自己像是垃圾。虽然在分开的时候，对方也会显出痛苦不舍，可是他们最终的选择还是一次又一次地给了我一个大耳光：你是“值得”被抛弃的。一直在给最近分手的男孩子写信，基本是自说自话，对方很少回复。我不知道自己为什么要这样做，一方面觉得这样既践踏自己的尊严，又打扰对方的生活；可是另一方面我又觉得他有愧于我，我是无辜的，为什么要遭受一次又一次失去自己心爱的人的悲伤？

我也知道“女性应该不断提升自我，完善自己，只要你足够好了就会遇到一个更好的伴侣”之类的道理，可是有很多自我不那么完善、人格不那么健全的女孩子不是一样幸福地活在爱的光环之中吗？我曾经自我劝说，是我运气不好，是我还不懂得很多女性的社交手腕，是我笑容还不够多、娇嗔的本领还不到位，等等等等，可是到最后，我已经懒得安慰自己了，也许归根结底就是，我根本就不值得被别人珍惜。

以上的种种使我对自己和别人都越来越冷漠，也越来越暴戾。我喜欢身边的人都讨厌我的感觉，这样我就能安安静静一个人待着。严重的时候，极端讨厌自己，看谁都不顺眼，想和全世界为敌，老摆一副臭脸。与此同时，我变得越来越虚伪。社交场合，只要没有长辈在，我就会说挺多违心的场面话恭维别人。因此，我被一些人喜欢着，又被一些人讨厌着，就这样严重地人格分裂着，兀自地活着。

水木丁老师，我能把我的未来处理好吗？我希望生活的其他方面能够像在学习上一样，只要我努力，就能变得美好起来。可是我知道不能。是不是有些人生来就是要比别人多受苦，多遭罪？我也很希望能够被这世界温柔相待，可是接受的粗暴和自私多了，对未来的憧憬和对自我的信心，似乎也无以为继了。水老师，请你给我一点建议吧。我真的很想知道，幸福和安心究竟是一种什么样的感觉？

清禾

清禾：

你好。

相信一定有不少姑娘在读你的来信时，会产生一种错觉，以为这封信是自己写的。我就有一种这封信是过去的我寄给现在的我的感觉，虽然每个人具体的经历有所不同，但是你的这些情绪，我们很多人都曾感同身受过。

从小到大，我们女人最常听的一句话就是："爱情是女人的全部，只是男人的一部分。"我从前以为，这是说当一个女人遇到了她深爱的男人，就会把这个男人当成自己生命的全部意义。后来我开始接到一些姑娘的来信，才明白远远不止是这样。我发现，大多数姑娘来信询问的都是感情问题，无论处于什么年龄、什么感情状态，姑娘们似乎都认为自己人生中最大的问题是感情问题，她们的来信连起来几乎可以串出一个女人的一生：没有恋爱时问爱我的人在哪里？找到了爱人以后问他到底爱不爱我？我怎么让他更爱我？他不爱我了怎么办？失恋的时候追问为什么他不爱我？结婚后问他是不是外面有人了？我们感情淡了，我感受不到爱情了怎么办？他爱工作多于爱我怎么办？他爱他妈妈多于爱我怎么办？也有极少数女孩子来信跟我讨论女性的社会地位和责任的问题、宗教信仰问题、工作问题、自我成长的问题，但是相比于讨论爱情问题的女孩子，所占的比例是很小的。

一个朋友给我讲过一个故事，她有一位年长的女性朋友，二十年前是一位颇有名气的艺术家，如假包换的大美人，气质脱俗，风光无两，是坊间的一个传奇，无数男人为她的魅力所折服，愿鞍前马后为她服务。可惜后来她恋爱道路十分坎坷，搞得她无心创作，一路衰败下来，日子过得十分落魄。很多朋友依然爱惜她的才华，想方设法地帮助她东山再起，我的那位朋友也是其中之一。有一次，她十分热情地帮这位姐姐出谋划策，可是聊着聊着就发现一个问题，无论想了什么办法，找寻什么出路，这位姐姐都会顾左右而言他，最后把问题绕回到自己需要一个男朋友这个问题上，似乎人生中最大的问题就是爱情，如果能够找到一个对的男朋友，那么人生中的其他问题都可以自然而然地解决了。这位姐姐依然期待着她的前男友回头帮她搞定这一切，可是他们分手都已经整整五年了。她就像中了邪一样，无论别人怎么试图拉她往前走，都会兜兜转转地被她带回到原地。她说什么也要先解决谈恋爱这个世纪大难题，结果，她的人生就好像被死死地卡在了某个缝隙之中，鬼打墙一样在里面转悠，怎么也走不出来了。

听完这个故事，你一定以为这只是个个案，那么我给你讲讲另外一件让我印象深刻的事吧。有一次一个姑娘到论坛里来提问，说她的男朋友出差，邻居大伯因为她家空调声音太大和她吵了起来。她给男友打电话，男友因为当时正在忙，有些怠慢了她，于是她就大哭了一通，到网上来向姑娘们提问，男友这样子是不是不爱她了？我说似乎现在你最应该对付的是你的邻居而不是你的男友，你需要帮助的问题，应该是空调声音大了该怎么修理吧，为什么你的问题会演变成男朋友爱不爱你呢？马桶坏了就去修马桶，空调坏了就修空调，有什么问题就去解决什么问题好了，我们不要把生活中马桶的问题、空调的问题，最后都统统搞成爱情的问题好不好？

所以你看，“爱情是女人的全部”这句话，真是一句大魔咒啊，它不是言情小说里的狗血剧情，而是一种思维习惯，潜入了你的大脑、你的点滴生活之中。不是你谈恋爱的时候才中了大魔咒，而是打你生下来就已经开始了。很多姑娘被下了这个咒之后，就在里面绕不出来了，形成了一种“爱情大过天”的人生观。就像你这样，因为一时恋爱失败，就断定自己是不值得被珍惜的垃圾，就把自己的整个命运都视作是不幸的；因为一两个男人对自己不好，就觉得身边的人都讨厌自己；想要变成一个更好的自己，目的是为了遇到一个好伴侣……

归根结底，这都是把爱情看得太重的缘故。为什么很多女人常常在恋爱中患得患失、失去的时候歇斯底里，而男人往往更拿得起放得下、能够立于不败之地呢？爱多爱少纵然是一个因素，但其实还有另外一个重要的原因，就是这句大魔咒——

“爱情是女人的全部，只是男人的一部分”。对于许多男人来说，爱情不仅不是生命的全部，甚至不是最重要的那个问题，这样的心态，当然可以对感情保持相对的冷静和理智，反倒做出最有利于自己的决定；而把自己仅有的全部鸡蛋放在一个篮子里的女人，当然是更容易患得患失，心态一旦失常，反倒常常把一切搞砸。

爱情很重要，但生活本身更重要，生活是丰富多彩的，生活的问题也层出不穷，爱情既不能解决生活中的所有问题，也不是生活的唯一问题。你问我你能不能把自己的未来处理好，我觉得如果你始终被这个魔咒笼罩的话，处理好恐怕很难。毕竟不管恋爱的运气好坏，日子要好好过下去，人生要继续往前走，才有可能遇到更美好的风景，遇到不一样的人。你现在跟中了邪一样原地兜圈子，卡在一个封闭的轮回里出不来，很难说会有什么未来，更别提可以遇到什么良人了。

我是相信爱情有运气好坏之分的，但情路坎坷、运气不好的人，未必在人生的其他方面运气就那么差呀，你的来信让我感觉你其实是个聪明有悟性的姑娘，那就好好运用自己有天分、有优势的那些条件，尽情去追求它们能带给你的幸福和满足吧！至于感情上的事，你总要自己先破了这个咒再说吧。如果你这样做了，即便情路坎坷是命中注定的，至少你的人生还有让你觉得幸福和满足的一些方面；可如果因为爱情不顺而否定掉自己整个生活的话，那你就连这样的幸福和满足也没有了。

我比你长几岁，在生活这个学校也算是比你多念了几年书吧，作为学姐，我有一个心得要告诉你：命运是一个严格的老师，眼里揉不得一点沙子。我们也都抱怨过命运不公，像你这样跟它赌气，和它撒娇，用破罐破摔的方式和它对抗，甚至做出“我什么都不要了”“你快来哄哄我”的姿态，心存侥幸地和它玩欲擒故纵的游戏，引诱它自动把你想要的送上门来，结果被这位老师一眼识破，只会遭到更残忍的戏弄。其实世间万事万物，皆有因果，好好地过生活的每一天，尽量种下好的因，也许有一天会收获你想象不到的果。不要感叹命运对你不公平，其实它给过你机会，向你伸出过援助之手，只是它长得并非是你想象中的那个样子，也许它不是由一个骑白马的王子送到你面前来，也许是伪装成了别的什么样子，然而如果你只顾自怨自艾，跟命运撒泼打滚或者消极抵抗，根本没有仔细看它放在你手里的东西，就把它拒绝掉了，那么你就会连这个都没有了。

这就像泰戈尔说的那句话：“如果你因为错过太阳而哭泣，那么你也将错过星星了。”这是鸡汤吗？这是命运的真相啊！如果你因为错过爱情而哭泣，那么你也将错过你的人生了。在爱情大魔咒里兜兜转转走不出来的女人，常常觉得没有爱情就一无所有了，却不知道一无所有的日子还没有真正到来呢。

101-228

Chapter 2
我们心中的怕和爱

做一个心态正常的女人，一段好的爱情才有可能真正到来。

Letter 16

| 爱他如他所是 |

水木丁姐姐：

你好。

我与男朋友分手了，这虽然不是我的初恋，却是我动情最深最真的一次。我们分隔两地，异地恋让我觉得比较辛苦，一起的时候，感觉非常好，和谐温暖。只是每每分处异地的时候，我就觉得他被动又冷漠，懒惰又自私，对我关心也不够。他比较吸引女孩，生活作风也不是很检点。我觉得从他身上感受不到支持和永恒，于是便决定和平分手。

分手一个月以内，有女孩从别的城市去找他。在当时的情况下，我觉得自己遭到了背叛与欺骗，于是把所有的错误矛头指向对方。我生平第一次体会到恨，心里难过得要死。而我始终拼命克制隐忍自己的愤怒和委屈，不让自己对他有任何恶言恶语，反而以德报怨，一味地包容隐忍……终于体会到何谓爱恨交织，夹杂了太多复杂的情感与情绪。

不管怎么说，太受伤的时候便只剩下了恨。分手之后的几个月里，我一直很难过悲伤。一直到有一天，我让自己放下了对他的仇恨，感受到前所未有的轻松。借着那股如获新生的喜悦，我给他写了一封信，信中只表达了我的遗憾、对他的歉意以及感激。我想让他知道，从最体恤他人的善意出发，我原谅他了。我了解人性中的脆弱，了解他也曾经因我有过喜怒哀乐，最重要的是感谢他给我的所有体验和爱。我深挚地祝福他。可以说，这封信花了我很大力气去完成，因为这真的是出于非常无私的角度去写的。其实说心里话，我主动跟他道歉，跟他示好，心里难免会有不舒服。因为一直以来，问题更多的人是他。这不是偏见，自认为还比较客观。他的朋友也都觉得他个人问题太多。

可问题在于，我不再恨他之后，心中对他的爱突然又回来了。觉得只要还能再在一起，我真的可以不计前嫌地好好爱他，信任他，而且会给他多一分理解与默契，多一些包容与关怀。我无法放下，还想与他相爱，这是一时的错觉吗？我可以让自己相信缘分奇迹，等待一份未知的可能性吗？我对此很困惑、迷茫。水木丁姐姐，我该怎么办？

梦不落

梦不落妹妹：

你好。

我有一个女性朋友，有一天她和男朋友吵架时，她的男朋友说，你看你脾气这么不好，缺点这么多，但我还可以宽容你，可见我是多么爱你。我这位朋友立刻反驳道：你凭什么宽容我，我为什么一定要被你宽容呢？然后……当然也就没有然后了。读你的来信，看到你谈论前男友的方式，我猜想你的前男友恐怕也是这么想的，我为什么非要让你来原谅我呢？

很多人可能会觉得我这位朋友怎么这么任性，不知道好歹。其实，我倒觉得不妨换个角度想一下。一对恋人在谈恋爱之前，是互不相识的陌生人，就算是同学、同事或者朋友，也是生活无涉，各过各的日子，各归各妈教育。平凡的人生虽然不完美，只要没有妨碍他人，也可以过得开开心心，并不需要面对他人挑三拣四的评判。可是为什么一旦和另一个人谈上了恋爱，进入了对方的世界，只因为不符合对方的价值观，自己就一下子变成了浑身都是缺点的人呢？从此以后，要么就得按照另外一个人的标准否定自己，改造自己；要么就要靠别人的宽容和忍耐来感恩戴德地生活，那是低人一等的生活，过起来有什么意思又有什么必要呢？

我一直都不太喜欢爱是宽容和忍耐这种陈词滥调，这样说的人都太自以为是了，觉得自己的宽容和忍耐，一定是什么有价值的东西。其实这世界上的大多数人，并不需要你的宽容和忍耐。没有你的宽容，人家自己活自己的，都活得好好的。那些动不动就说自己宽容别人很辛苦的人，有时候潜意识里，不过是想用宽容让对方自责、愧疚等等，如果是这样的话，这就更不是爱，时间久了，就难免遇到对方的反抗和反感。他们总是不明白，为什么自己这样的宽容和忍耐，换来的却只是恨和伤害呢？那是因为，无论他们自认为是多么高尚和慈悲，对方都认为他们是在做感情的交易。对方需要你的宽容时，你的宽容才是无价之宝；对方并不想要你高高在上地宽容他的时候，却被你强行宽容和忍耐，那么，你换来的可能不是爱，反倒是恨。

我们总是说，每个人身上有优点也有缺点，这种看法常常使我们把一个人身上的优点和缺点区分来对待。人们总是认为，我给你指出缺点，你努力改正它就是了，这很容易。但这其实是一个认知的误区，因为人常常并不是既有优点也有缺点，而是他的优点就是他的缺点。这就像世间万物，都有阴阳两极、正反两面，总是共生共荣、成双成对地出现。优点和缺点，往往是一枚硬币的正反两面，看上去相反，其实根本就是一回事。

太阳照到大地上，地球这一半的白昼，必定是另一半的黑夜；山间生长的大树，向阳的一面枝繁叶茂，背阴的一面布满青苔。一个诚实稳重的年轻人，性格会有些木讷、缺少情趣；

一个大大咧咧有点粗心的女孩，通常也都性格随和、不斤斤计较；勇敢果断的好汉往往是简单粗暴的人；优柔寡断的个性另一面却可以是细心体贴。你的男朋友也许很幼稚，也很自私，但是幼稚和自私的另一面，也许就是那种纯真的个性的魅力，所以他能击败那些老成持重的老男人，获得那么多女孩子（也包括你）的喜爱。

一个人往往不是既有优点也有缺点，而常常是他的优点就是他的缺点，这些都构成了他这个人本身。我们常常在最初爱上一个人的时候，只看到了他阳光的那一面，然而相处的时间长了，就想拼命地拿刀子剔除掉他的反面。可是一个人活在世上，怎么可能只要白昼而不要黑夜，怎么可能把大树劈开只要鸟语花香的那一半去继续生长？

如果你一定要爱一个人，就请你爱他如他所是。爱他的赤子之心，也爱他的时而幼稚；爱他的成熟稳重，也爱他的安静少言。这种爱只需要懂得，并不需要忍耐，更不需要通过那些朋友对他的判断来证明他有多少缺点，多少错误。这不叫爱，这是开公审大会。他的那些朋友，若真觉得他不好，同样也可以选择不和他做朋友。

爱情和友情之所以美好，不就是因为它是可以自由选择的吗？要爱，就接受他本来的样子，如果不能接受，那就不要爱。爱和不爱都没有错，但不要一边嫌弃一边宽容地去爱，不要以爱为理由要求别人性情大变，人生观、价值观都彻底重塑。一个人要不要改变，只能他自己决定，他人不能强求，否则最后的结果，就只能是互相厌弃、互相憎恨。

至于你说你觉得对他的爱重新回来了，也许是你想起了他阳光的一面，忘记了他的阴影面，也可能是你爱上了那个宽容的、高尚的自己。人们总是为自己在爱情里投射出来的影子而沉醉，但那往往并不是真实的。以一种幻象为基础和对方谈恋爱，再重来多少次，结果也是一样的。

Letter 17

| 你还年轻，依然美好 |

水木丁：

你好。

我喜欢你的温暖和睿智，喜欢你的直接与率真，所以现在希望能从我喜欢的、敬佩的人那里得到点建议。事情很简单，我和我的男友分手了。我为他付出了很多，包括女孩的第一次，也为他流过产。你可以说我傻，也可以说我悲哀，但是那个时候我深爱他，相信他，所以没有什么难受的。当然，现在我明白了，真正深爱你的人是不会让你受到这么大的伤害的。我想我还是幸福的，有爱我的父母兄长，有良好的家境，有很好的朋友。但是年少无知，自己不自尊自爱，现在弄成这样，也可以说是咎由自取。

但我仍相信自己是个很好的姑娘。

分手的时候，他说了很多冠冕堂皇的话，我没有怨恨，也没有纠缠什么。已经被疯狗咬了一口，我不能再伤害自己了。只是午夜梦回，我仍会想起从前，也会有不切实际的想法，比如再重新开始怎么样，但也庆幸我从来没有实践过。我情愿把他想得不是那么不堪，相信他是有苦衷的，以此来安慰自己。这样矛盾的状态，这样矛盾的想法，是不是很可笑呢？

木丁，我不是想让你告诉我未来该做怎样的决定，决定一个陌生人的未来也会有很大的压力吧？怎么说呢？可能是因为很多东西没法儿跟朋友深谈，又怕憋在心里会逐渐生根，会让自己成为一个更糟的人。所以，我渴望找到一个宣泄的出口，渴望能从有着别样人生的人那里听取些意见。比如，能够告诉二十岁的我不要错过些什么，不要遗憾些什么，怎么看清未来的路。我大概希望你能骂我一顿，让我清醒一下吧。

谢谢你看完这封邮件，真的很感谢，因为我感觉到了自己的语无伦次，不希望这封邮件让你心情不好。

一个傻傻的姑娘

傻傻的姑娘：

你好！

看了你的信，不知道写点什么给你才好。你当然明白我不会帮你决定你的人生，我不擅长也不喜欢那一套。不过如果我告诉你我看到你的信之后的感觉，是为你感到高兴，而不是其他的什么，你大概会感觉很奇怪吧。

很多很多年前，我在一本杂志上读到王朔的《一半是海水，一半是火焰》。我那时候不喜欢王朔，觉得他是个流氓、痞子。但里面的一个情节，我却至今记忆犹新。一个姑娘半夜和两个陌生的年轻人去海滩玩，结果被强奸了。男主人公在海滩上找到她，能说什么呢？事情已经发生了。最后，他只对她说了一句话："你还年轻，依然漂亮。"我莫名其妙地牢牢记住了这句话。尽管当时我觉得这句话太轻浮、太玩世不恭了。但是后来，当我在生活中遇到一些事情的时候，就总会想起这句话来。不得不承认，这句话就像一句咒语，还真挺有用。所以，我在这里就把它送给你吧。因为我没有见过你，不知道你漂亮与否，那么我就把它改成"你还年轻，依然美好"送给你好了。这句"咒语"当然是有保质期的，但在保质期内，遇到问题的时候就拿出来念念，多少会有点效果。

其实，也正是为了这点美好，我才会为你感到高兴。因为除了痛苦之外，我在你的字里行间还读出了一种隐隐的有力量的东西，这是对未来的希望，是生命的活力，以及一颗善良的心。这一切都说明你是一个心智健康的孩子。这个世界，是只有心智健康的孩子才能生存下去的，所以我替你感到高兴。伤害让一些人一蹶不振，却可以让另外一些人的内心更加有力量，破茧成蝶。我看得出来，你将会是后一种人。我想，你应该感谢家人给你的爱，让你成为这样健康的你，这已经足够好了。

至于你的爱情嘛，我不了解情况，不好乱下结论。很多女孩都认为，每一段爱情，只要尽力去爱过了，就是伟大的。然而，从我自己的角度来看，这世界上的确是有好爱情和坏爱情之分的，区分的方式也没那么复杂：好的爱情、好的爱人，能激发你更好的一面，使你成为更好的人；而坏的爱情，只会让你变成更糟糕的人而已。在一场糟糕的爱情里，人们会发现：我本来是一个不贪财的女人呀，为什么遇到他之后却变得对钱财斤斤计较呢？我本来是一个很大方的女人呀，为什么遇到一个经常关机玩失踪的男人之后就变成了疑神疑鬼的怨妇？我本来是一个很绅士的男人啊，为什么最后却像魔鬼一样冲女人挥起了拳头……

我想这才是一场坏爱情最糟糕的地方，它会唤起我们内心阴暗的一面，让我们越来越恶形恶状，引发我们内心潜在的各种负面情绪，让我们渐渐变成连我们自己都不喜欢的人。而一个人要是不喜欢自己了，就会焦虑、纠结、神经兮兮。所以，人，不要做自己都不喜欢的人。这不是自恋，这是生存下去的唯一出路。

爱情就是这样神奇，好的和坏的一样神奇。有时候，我会和身边的朋友说不要去嫉妒、报复或者怨恨，并不是因为我们想成为一个圣女，而是这些负面的情感，真的会在一个人内心深处生根发芽。十年以后，该分手的还是会分手，但是你却已经变成了一个不美好、不可爱的人，最终丧失了爱的能力和感受幸福的能力，这才是最悲哀的事。贾宝玉曾经说过，女人是水做的。这也是很多男人喜欢年轻女孩的原因之一。很多中年女人以为男人只是不爱她们的身体，其实还有一个原因，就是她们真的已经变成了不可爱的人。她们的心里累积了那么多的抱怨、愤恨、怀疑、不甘和算计……她们如何能让人觉得和她们恋爱是一件美好的事呢？后来遇到的男人，有什么责任要去承担她的种种历史遗留问题所带来的负担呢？而年轻女孩就像清澈的泉水一样，她们还没来得及受伤害，还没有被这些东西感染，所以很多老男人喜欢年轻的女孩，除了她们年轻的身体，还有她们干净、阳光的心。反过来也一样，很多老男人的心也是早就乌烟瘴气、乌七八糟的了，这个道理男女通用。人活得太久，就难免一身污浊之气，这是人性的悲剧。

谁能保证自己一辈子不受伤害呢？谁又能一辈子在糖罐里

泡大，不受负面影响的侵蚀呢？所以佛家才有“心性是要靠养的”一说。谈过一次失败的恋爱之后，你要计划你的未来，但更重要的是要好好爱护和养护你的心，把那些负面的浊气排除，让心干净起来。要警惕已经离开你的人在你的心里留下阴霾的种子，把你的心变成丑陋的心，有一天这丑陋从心底漾了出来，甚至会写在你的脸上。年轻的女孩没有经过恋爱的磨炼，她们干净的心，是雏鸟的纯洁。但那些经过了爱情的沧桑，依然能够去除浊气、守住自己的一颗心、干干净净的女人，是涅槃的凤凰。涅槃重生是需要力量、勇气和智慧的，并非仅仅靠善良就可以。

你现在应该知道我为什么会为你感到高兴了吧？审视自己的心，你也该为自己感到高兴才是。“你还年轻，依然美好”，还有什么比这更重要、更值得庆幸的事吗？至于其他的，不如让时间来解决吧。

Letter 18

| 奋不顾身又如何 |

亲爱的水木丁：

你好！

在这种时候，因为无法告诉别人，所以写信给你。我是一个即将毕业的大学生，是一个忧伤的孩子，这么说是因为我总是长不大，总是忧伤得需要温暖，要人疼。去年十一月份，我因为一位老师，和男友分手了。那位老师是我第一眼见到就喜欢的人，我喜欢了他两年，后来他告诉我他喜欢我比我喜欢他早。他说他喜欢我忧郁的眼神，那时我也是喜欢他的忧伤，我们理所当然地在一起，仿佛几年的感情一下子释放，我给了他我所能给的一切。可是有一天，我的前男友在学院大闹，说那个老师欺负了我。老师开始用尽一切可能的词骂我，为了他，我放弃了考本校的研究生，换成了另一所大学，为了他，我躲开身边一群比他优秀很多的追求者，可是他却让我滚。

我一直以为我的执着会让我和自己爱的人在一起，可是他不让我承认这一切，他让我撒谎。我骗了所有人，我一个人承担着这一切。他不愿和我说话，我压抑着内心的难过，没有好好准备考试，天天在音乐和文字里躲着。他说为了这件事，他放弃了考博，他不告诉我是因为怕我自责，于是我真的自责了，也没有全力去考试，并且为了维护他作为老师的名誉，我说了巨大的谎，伤害了别人。我本想和他一起再考，可是今天我才知道他报博了，过两天要去上海考试。我知道自己错过太多了，为了这么一个不值得的男人，失去太多了。我从可以考更好的本校的研究生，委屈考了另一所较差的学校，到后来为了他彻底放弃，可是他现在告诉我他要去考博了。

我过着行尸走肉般的生活，脆弱得抬不起头，我把自己关在宿舍里，上网，写东西，听音乐，喝酒，我想我走不出来了。四个月了，我靠着每天吃安眠药睡觉，我不能告诉身边的人，因为他不让我说，我一个人承担着一切，真的很累！

谢谢你能耐心读完。

SONG（桑）

SONG：

你好。

一般来说，给我写信的姑娘有两种情况，一种是生活中遇到了难处，想法和情绪陷入一个困局，面临着两难的选择，需要听一听来自生活以外的其他人的意见；另外一种则只是跟人倾诉一下，撒撒娇，希望对方给予点安慰。前者通常是在反省自身，她们的问题通常是，我哪里做得不对？问题出在哪里？我要如何改进？而后者通常焦点都是在对方，她们的问题是，我这么可怜，我这么不容易，我付出了一切，但对方为什么不爱我？为什么会这样对待我？对于后一种，我通常是没办法回信的，因为没什么用。有问题解决问题，没有问题就该干吗干吗去，婆婆妈妈地当知心姐姐是最烦人的事，他为什么这么对你，他爱不爱你，我这个外人是无法做出判断的。通常写这种信的姑娘，她们只是希望能够得到她们想听到的答案，但是对不起，这样的答案，铁石心肠的水木丁是不会提供的。所以SONG姑娘，我下面要说的话会比较直接，如果承受不了的话，这封信你看到这里就可以打住了。

在中国，历来有一种衡量女性魅力的普遍标准，那就是最值得爱的女人，一定是年轻的、柔弱的、痴情的、服从恭顺于男人的。这种认知当然是拜我们这个父权社会的价值观的长期灌输和宣传所赐，男人们反复用各种方式来告诉女人，他们喜欢什么样的姑娘，也会警告那些不符合他们标准的姑娘会被社会抛弃，没有人爱她们。在这样的宣传攻势下，其实很难有姑娘不被洗脑的。于是就出现了一种现象，姑娘们迷恋萝莉文化，迷信用青春、痴情、楚楚可怜、柔顺，奋不顾身地把自己奉献给一个经验丰富的老男人，以为这样就可以得到男人的爱，而得到了男人的爱，就是实现了自己作为一个女人的人生全部价值。

怎么说呢，在这一点上，男人们表达的倒是他们的心里话，但却不是全部，还有一部分没有说出口的真相是，其实年轻、痴情、楚楚可怜的漂亮姑娘说白了也没什么了不起的。不信你仔细看看周围，哪个充满魅力的老男人不是从青涩的毛头小伙子一点点历练出来的？哪个情场老手不是伤人无数，踏着一地破碎的心，跨过你这样奋不顾身、前仆后继的姑娘们的尸体走到今天的？

青春诱人，男人们都喜欢追求和征服年轻漂亮的姑娘，可是别忘记了，追求和征服之后，并不等于会收容和善待战俘呀，就地遣散或者挖个坑活埋也是很多的。就像猎人打到猎物之后，处理的方法也有很多种，其中的一种，就是扒了皮挂在墙上，像奖章一样，永远在他们的记忆中作为一种荣耀的象征。很多男人，就是这样锻炼成为人精的。而你在你人生最好的日子里，玩痴情，玩奋不顾身，玩娇滴滴，成天顾影自怜，荒废青春，荒废学业，放弃原则，为他撒谎，在人生重要的时刻对自己不负责任，为了对方做出明知是错误的选择。现在人家成功了，但是你呢？ You will be nothing.

谁不曾在年轻时谈过一场不计付出的恋爱呢？这就是青春，本身并没有错，但是至少我们心里要清楚一件事，所谓的“奋不顾身”并不能换来别人更加爱你、珍惜你，它充其量就是让你对得起自己、不给自己留遗憾罢了。青春是宝贵的，但绝大多数的青春也是一文不值的。说青春宝贵，是因为它对我们每个人来说，都是最美好的时光；说青春一文不值，是说这个世界上有无数默默无闻的年轻人，有无数像你这样浪费着自己的青春、以为靠奋不顾身就能得到爱情的姑娘。她们没有什么特别的，等她们老了，会有新的一茬更年轻的姑娘成长起来。

亲爱的，奋不顾身很可爱，但是奋不顾身的姑娘一抓一大把，没有什么了不起啊。你有年轻的身体，别的年轻人也有，如果你只有奋不顾身，没有自尊，没有自我，没有真正属于你自己的独一无二的价值，你这个奋而不顾的“身”，除了它是你自己的以外，跟别人有什么不同呢？它到底有什么可贵之处呢？

前两天看一个美剧，一位大叔替朋友教育一个年轻的女孩，他说：“你知道你是什么吗？你是我鞋底下的一块口香糖，被宠坏了的小女孩，会在十七岁时怀孕，十八岁时堕胎。然后在寒假遇到某个浪子，最后做个牙科保洁员直至老死……”这话虽然非常狠，但是它真的有醍醐灌顶的功效。其实，纳博科夫《洛丽塔》里的洛丽塔最后的结局不也就是如此吗？回想一下我们上学的时候，身边那些每天只知道恋爱，风光一时，不学习也不努力的姑娘，她们大多数人的命运，不也不过如此吗？她们曾经为之奋不顾身的男人，可能到最后被证明也不过是个平庸之辈。可惜的是，太多人迷信青春、爱情这些个东西了，只看到了故事的前半部，却常常忘记了结局。

现在还来得及，赶紧去好好学习，好好考试吧！希望你能重新振作起来，找到真正的自己。你写信给我，是希望得到我的同情，但是以你现在的样子，我是不会同情你的。人首先要活得有尊严，爱得有尊严，才能够真正被人爱。我希望你们每一个可爱的女孩，都能一帆风顺地生活，不要受这爱情的苦。既然现在已经是不可能的，就只有坦然地面对。任何的爱情，哪怕是经历过摧枯拉朽的失败和痛苦，都不会是毫无意义的，都会给我们的人生留下点什么有用的东西。希望你能从你的经历中真正地学会反省、坚强，真正地长大，希望你能顺利地通过考试，好好地创造自己的未来。记住，这个世界只有你自己是铁定了会陪伴你走到底的那个人，好好对待她，不要随便抛弃她。

Letter 19

| 处女情结也是一种择偶观 |

水木丁：

你好！

一次偶然的机会，看过你回的一封关于好爱情坏爱情的信，看得我很感动。“你还年轻，依然美好”，说得真好。

今天心情很糟糕，也想说说我的故事。在我还是个懵懂单纯的女孩的时候，遇到了生命中的第一个男朋友。想想却不知道怎么来形容他，在一起痛苦的时候远超过幸福的日子。而傻傻的我却以为自己能改变他。

一次次地失望，到最后选择离开。离开后才发现，自己怀孕了。一个人去医院做手术，一个人在陌生的城市里生活工作，一个人照顾自己。真的绝望的时候，其实忘记一个人也没那么难。我是个乐观的人，慢慢地忘记了很多，甚至都想象不出这样的事情曾在我身上发生过。大半年后，我遇到生命中的第二个男朋友，他是我的高中同学，也是我高三暗恋的对象。我们大学四年没有联系，工作后也不在一个城市，我在南，他在北，但经常QQ聊天。他对我越来越有好感。慢慢接触下来，我发现他虽然有点木讷，但人很真诚，会是个不错的老公。半年多以后，我们也就正式走到了一起。去年过年的时候，相互见了家长，爸妈很喜欢他，我心里也越来越踏实，慢慢爱上他，觉得自己好不容易找到了合适的人，所以很珍惜。虽然是异地恋，但每天晚上忙完后对着电脑聊些开心的或不开心的事，还是很知足。

端午节那天，他没有任何征兆地提出了分手，说他父母不同意，觉得我个子矮。后来他才老实告诉我，他有严重的处女情结，过不了心里的坎儿。其实，我们过年的时候发生过关系，那会儿他就知道了。我知道他介意，但他说以后大家都不提了，我也就没多想。五一假期时，他从遥远的北方来看我，我们也一直在一起。

他说他坚持了半年，却还是接受不了。我原来打算给他半年的时间陪他一起淡忘的，他也答应了。坚持了几天，我觉得太累了，想想那么不确定的未来，心里很恐慌。不想这样下去，也想让自己彻底死心，我把我过去所有的事都告诉他了，而我也知道我们是不会再有任何可能了。从此以后，我们断了任何的联系。

我开始适应没有他的生活，努力地工作，做好吃的犒劳自己，逛逛书店，偶尔出门旅行。一个人平静地生活，却再也不敢触摸关于他的任何东西；知道以后再也不会见面，心里却无数次地想象着再次相遇的场景。

对于未来，我并没有太多的信心。但如果遇到合适的人，我也还会相信爱情，相信自己。希望你看到这封信的时候，能给点意见。

一只游荡的小鱼

小鱼：

你好。

我也要给你讲两个故事。一个是某个四十多岁的男人给我讲的，这个男人和他妻子当年是青梅竹马的情侣，谈了好多年恋爱，最后终成眷属。但是新婚之夜，他发现他的妻子不是处女，而他自己却为对方一直保留着自己的第一次。上大学的时候，有一个女孩子想把自己的第一次给他，都到了赤膊相见的地步，但他终究觉得自己的第一次是属于女朋友的，他们说好了要为彼此守身如玉，所以最终把持住了自己，什么也没和那个女孩做。新婚之夜，当他发现真相的时候，他竟然哭了。但是他无法割舍对妻子的感情，两个人还是在一起，只是在后来的日子里，他一直都有情人。虽然他的情人们也都不是处女，但是他总觉得这是对自己的一种补偿，也是对妻子的报复。直到有一天，他得知自己得了癌症，他说他这辈子最大的遗憾，就是从来没有成为过一个女人的第一次。

另外一个故事的女主人公是我的同学，我们就称她 T 小姐吧，她是那种经济独立、有个性有主见的女人，但是好像天生情路坎坷，自打一开始谈恋爱，就陷入和老男人的苦恋之中，又搭钱，又搭感情，总是把自己弄得千疮百孔、遍体鳞伤。后来她也换过几任男朋友，都是久经情场的老男人那一款。有一次几个朋友闲聊，T 小姐说这辈子竟然没有睡过一个处男，是自己最遗憾的事，问身边的朋友认不认识处男，给她介绍一个，花钱也行。所以你看，一个大男人真的会为这事儿哭啊！他们竟然会如此执着于这件事。这真是荒唐透顶,应该大加批判才是，而一个女人竟然也会有处男情结。这很不可思议是不是？

如果你能换个角度，以平常心来看待这个问题，就会明白，处女情结真的就是一种情结，其实不过是一种普通的择偶观罢了。它和一个人因为无法忍受伴侣的个性、脾气或者家庭等而提出分手，没有什么本质的区别。只不过每个人由于生活的时代、家庭背景、受教育程度、人生经历五花八门，总有他自己无法接受的事，有的人受不了冷，有的人受不了热，有的人受不了桌上有一点灰尘……这些在旁人看来都是无所谓的事，在他可能就是没有办法接受的事。你纵有千般理由从心理上、身体上、社会文化上论证这件事是应该接受的，心理上受不了的也还是受不了。你一定要强迫他接受，或者用欺骗的方式，最后就可能变成那个故事里的男人那样，何必呢。

可能有人会觉得，这怎么行，这不是姑息男人的男权思想对女性的压迫吗？你凭什么受不了？你凭什么非要找个处女不可？你这根本不是真正的爱情！可是，难道现今女人要求男人结婚必须有房有车必须事业有成等等诸多条件，不是基于社会文化的因素之上吗？难道是基于真正的爱情吗？彼此彼此，大家都是各取所求吧。

爱情之所以美好，是因为它是自由选择的。这份自由选择，包括所有我们认为好的和坏的、应该和不应该的、进步开明的和食古不化的择偶观。它没有什么绝对的对错，只是个人选择而已。我们生存在这个世界上，自由已经太少了。也就是找对象这点事，还能自己说了算。所以，如果一个男人，他非说他要找一处女，找不到处女他就不结婚，那你除了让他找去，还能说什么呢！

所以，我是不大赞同女人的世界对男人们的处女情结过于批判。在我看来，一味教唆男人鄙视非处女和一味要求所有的男人都必须接受非处女，其实同样都是用“政治正确”代替“个人选择”的霸道理论。世界很大，人和人不同，对于一件事情，有人接受，有人不接受，这才是生活的常态。不接受就不接受呗，为什么人家就一定要接受你的过去呢？在这个世界上，本来也没有什么人是应该应分地就接受另外一个人的过去的。有的时候，要有足够的爱，才能让一个人为了另外一个人改变底线。你的这位男朋友，很显然是那种典型的刚刚谈恋爱的男生，因为没有经历过太多，所以对自己的爱情、婚姻，都有坚不可摧的设定，如果这个设定被打破了，他就立刻开始无所适从。换一个有过很正式的恋爱经验的男人，可能就不会那么介意女朋友是不是处女这件事了。你想要让他接受你，他可能真的努力去试过，但是他接下去所设想的爱情，设想的婚姻生活，一切都会幻灭。如果是这样的话，那么他是不可能不恨你、不对你冷言冷语的。心结不解，这场感情终究不过会变成一段互相怨恨的孽缘而已。也许他是真诚地爱过你，现在也还爱着，只是这份爱没有你想象得那么多，不足够让他改变自己，放下自己的底线。但是即使不够爱，也是自然而然的事，也不能算是什么错吧。

反过来必须强调的是，大家只是不合适而已，你也同样没有做错任何事。我们可以尊重他人的价值观，但这不等于我们必须用他人的价值观来判断我们自己。我们也没有必要去向他们证明自己没有错。就让他带着他的处女梦找他的处女吧，你也应该去找一个足够爱你的男人，思想开明的男人，重新谈一场恋爱，重新开始你自己的生活。相信我，男人和男人非常不同，你的男朋友对女人的看法，是一个年轻男孩没见过什么世面时候的想法，他绝不能代表所有男人。切记切记的是，如果他回头来找你，想和你上床，却无法抛开自己的处女情结的话，千万不要回头。和一个三观不合适的人继续纠缠，除了把还存留的美好回忆搞成一场难堪和尴尬，让自己自信全无、彻底否定自己以外，不会有任何的结果。一定要记得，他有底线，你也同样有。

Letter 20

| 你是怎么变成人渣磁石的 |

水木丁：

我今年二十一岁，因为工作的关系认识了一个已婚的客户，他儿子和我一样大，认识他之后他就开始追求我，情人节和七夕时，都给我送花。他天天约我出去吃饭，我都拒绝了。后来在我生日那天他一定要请我吃饭，我不知怎么鬼使神差地答应了，然后也没吃饭，去了 KTV，他买了蛋糕和礼物给我庆祝，他吻了我，当时我说了你有老婆孩子不能这样一类的话，但是他说没关系，然后他对我就更是天天电话不停。慢慢地自己接不到他的电话还很不适应了。中间我试过很多办法，不接电话、关机等，但他就去店里找我。中间因为出去吃饭老是拉着自己的表姐，弄得表姐喜欢上了他，并且有一次他瞒着我单独和表姐出去吃饭，还去了小区，这是事后我看表姐的日记知道的，我知道后发了一顿火。他是我的初恋，我认识他之前是女孩现在是女人了，并且还为他流了一次产。

这期间我几乎整天说分手，他总是说不分，他喜欢我，他舍不得我。在我之前他也有一个情人，他总说喜欢我比原先的情人多，说他永远不会和我说分手，除非我不理他。现在我们已经分开了，原因是他劈腿了。另外的那个女孩和他在一起才刚一个月。那个女孩也是第一次恋爱，才二十岁，两个人一个月就发生了很多次关系。我打电话给女孩，女孩知道我的存在后，他就说是我纠缠他，早就和我说清楚了，是我纠缠不休。还说了我很多不好的话。

第二天，我打电话给他，他说了很多话，但就是不说怎么办。我说你是不是想和我分，他说不是，他不知道怎么办。我说你回来我们说清楚。他回来的时候我打电话给那个女孩，我问他，你对她说的那些话是真的吗？他不说，电话一直没断，我们说的话那个女孩都听见的。我问那个女孩，女孩说是的，都是他说的。我就在那里问，他就是沉默。结果呢，女孩不想和他分，我当时也不想。于是他说要么都好要么都分。我说我接受不了都好，那就都分吧。

昨晚和表姐聊天，表姐说，他说是我自己爬上他的床，是我下贱。表姐还说他在我这个城市也有好几个和我一样的伴侣。当时我都气疯了,给他打电话,他说他发誓他没说,我说你的发誓和谎话是一样的。我只是觉得我爱你，得到了这个结果，是我自己做的选择，我不后悔。可是为什么你在别人面前那么说呢？再说说的也不是事实呀。

表姐说我有这样的过去，谁能接受啊。我不知道该怎么办，难道我的过去会让别人无法接受我吗？我现在不知道该怎么办，心里很多东西不知道怎么释放，也迷茫得要死。我该怎么做啊？

小 M

小 M：

你好！

曾经有人问我，你收到的来信都是真的吗？不会是你自己编的吧。我回答说，我没有那么有才，能编出这么多故事来，一个就够写一本小说了。我曾经想过如果哪天我把所有的信都集合在一起，可以单出一本书的话，我要给它起个名字，叫作《如何把你的人生搞糟》。但是这样的信我一般都不知道要怎么回，因为写信的人往往只是想倾诉，其实根本不需要真正的答案，或者说她只是想从我这里听到她想听到的话。就像有一次我在网站给人当嘉宾，有个姑娘问我，她喜欢的男人每次都只找她上床，他和朋友聚会带的都是别的姑娘，她怀疑他只是把她当成泄欲工具。我就回答她说，是啊，相信你自己的直觉吧，你是对的。然后那姑娘就很恼火，给了我一个差评的大红叉。

看你的来信，我也一直在想，当初你身边一定有朋友劝告阻拦你，但是你一定也是一概都没有听，还是给我写了第一封信，可是我能说什么呢？有时候，孽缘也是缘。善缘要断你无法留，孽缘终究也是需要时间才能走到尽头。好在你的这段孽缘并不长，虽然受的伤害不小，但青春依然无敌。我见过一段孽缘能持续个四五年、十几年的，那样的人生才是一场长长的噩梦，等醒来时，人已被榨干，骷髅鬼一般，重生已是不可能，唯有变老等死的绝望前路了。从这一点来说，你应该感到庆幸才是。

其实你的来信我只读了个开头，就猜到这个故事后面的发展了。我不想对你交往的这个男人有什么道德上的指责，因为道德这种东西，是人类才有的，当今的这个世界是妖兽横行的世界，并不是所有披着人皮的东西都是人。你遇到的这个男人，应该说是一个妖孽比较准确，他对年轻女孩的征服欲和征服给他带来的满足，是不可以把它当作正常人类的爱情去理解的。他们根本不懂得什么是爱，心里的贪欲就像是野兽，要靠征服一个又一个姑娘得到满足，所以你不可能是第一个，也绝不会是最后一个。

也许你会说，如果他不爱我，怎么会对我那么好呢，那些不是爱是什么呢？可是姑娘啊，大灰狼那么笨，还知道扮狼外婆呢。妖孽是没有什么爱，但他们却很懂得人性啊，他们深谙年轻女孩渴望被人关怀被人爱的欲望，他们还懂得年轻人的自信和轻狂。他们捕猎多年，对什么样的猎物有机可乘，从来不会判断失误。对于妖孽们来说，捕猎的快乐大于任何快乐，要么吃得不剩骨头，要么扔在一边弃之不理，谁会把逮来的兔子供起来呢？当然是新兔子更有趣一些。

我不知道现在的家长是怎么教育女孩子的，在我们那个年代，这样的男人是不可能像现在这样嚣张横行的，因为他的这套在大多数姑娘那里是根本行不通的。在一个家教严格的家庭里，一个姑娘的成长过程中，父母会教给女孩重要的两件事，第一件事，就是学习如何保护自己；第二件事，就是走到外面该如何带眼识人。他在追求你的时候，说有老婆孩子没关系，这个男人的人品已经很明显是有问题的了，而你竟然一点都没有警觉，最后还接受了他的追求。这之后又发生了你表姐的那件事，你再一次接受了，那么他今天待你的种种恶行，也就不足为奇了。婚姻是契约，虽然未必每段婚姻都能够坚守到最后，但是一个男人如果能把背叛、撒谎当成家常便饭，大言不惭地说出“没关系”这类的话，肆无忌惮地追求年轻的女孩子，那么他就不是为情所困，而绝对是从人品上有根本的问题。一个对背叛自己的承诺毫无愧色的人，你竟然还因为他的背叛而吃惊。姑娘，我真的觉得这个人从始至终行事风格统一，脑子清楚得很。脑子不清楚的是你才对。你的内心既然根本不在乎一个男人的人品，那么，遇到什么样的人渣，一点都不奇怪啊，他们四处找的就是你这样的姑娘。

坊间有一种说法，管那些总是会吸引人渣的姑娘叫“人渣磁石”，我想之所以像你这样的姑娘会成为人渣磁石，就是因为你们缺少起码的是非观念，没有原则，总是觉得爱情大过天，从不挑剔男人的人品。因此人渣也就最爱盯上你们。男人的人品很重要，因为这是一个女人自我保护的一道屏障。他是一个什么样的男人，永远比他此时此刻有多爱你更重要。很多姑娘都把这两点颠倒了，总觉得一个男人负了天下人都没关系，只要他爱自己，对自己好就足够了。坦率地说，这种概率其实很小。一般来讲，一个重承诺、守信用的人，对谁都会守信用，因为守信是他的基本准则。而那些惯于背叛、出尔反尔的家伙，都是功利性、有选择地信守承诺，他可以选择对自己很有用的生意伙伴很靠谱，想得到一个女人的时候，也可以对她百般迁就、言出必行。但是这种人都是很势利的，看人下菜碟，是在做交易，信守承诺不是他为人的根本。所以一旦他不再需要你的时候，背叛你也是轻而易举的事，且毫无愧疚之心，因为这一套理论已经在他心里演练过很多遍。这种东西，就叫作人品的差异。人品有问题的男人是不会为了你而放下屠刀，立地成佛的。当然了，历史上有菲律宾前总统马科斯和他夫人这样的夫妻，可以说明也有男人宁负天下人，独对一个女人宠爱一生，信守承诺。但想那马科斯夫人，也不是什么善类，乃是一介妖孽入凡尘。这对夫妻本来就是豺狼配虎豹，你行吗？你是蜘蛛精投胎，还是白骨精转世？你一个平凡人类，凭着自己年轻貌美火力壮，就想收妖降魔，去蹚这等浑水，你说你何必？

这男人就算不祸害你，也一定会去祸害别的女孩，他的妻子可能早已默许他这样。看你的来信，反倒更多觉得你也是个可怜的姑娘。有句老话说得好，女孩要宠着养。一般小时候受过不少苦、缺少大人的赞扬和肯定、自我评价过低的女孩，因为太缺少家人的关爱，很容易会被男人的小恩小惠搞定，长大后成为爱的乞丐。像这个男人这样，为你做的这点事，就是买买花、打几个电话、说几句情话，比起你付出的代价来说，算得了什么呢？何至于你竟然如此贪恋。姑娘啊，你是不是因为太缺爱了，才会这样受宠若惊，走到今天这一步啊。

人和人的命是不一样的，也许有的姑娘命不够好，不曾被这个世界善待，但是那并不等于你不值得被善待，所以绝对不要贪恋一时的宠爱和温暖就将自己托付给人渣。这个世界是有坏人的，无论你要爱谁，都要看清楚了再去爱，要爱就爱这个人，不要爱这个人给你的爱情。所谓江山易改本性难移，要去看他本性中最稳定的那部分，不要看他手中的糖果，后者变数实在是太大了，他今天能拿给你吃，明天也能拿给别人吃。没有糖吃的孩子虽然孤单，但也比为了一点小恩小惠就把自己搭进去强。人生的际遇，各有各的缘分，广结善缘固然重要，但有时候，躲开一段孽缘也同样重要。没有缘分，还可以等待善缘，可身在一段孽缘之中，善缘将永远没有机会靠近你。你还年轻，还有大把的机会，但是如果你还想做个好人，嫁个好人，就不要给人渣任何机会。

Letter 21

| 因为懂得，所以残忍 |

水木丁：

你好！我是一个二十四岁的女孩，在上海工作。毕业那年我在网上认识了他，他比我大八岁。一开始，我们并没有约定什么，他一直在我生活的边缘地带，后来他出国多年，我们只是邮件联系，但我们加了 QQ 和 MSN。后来他回国了，我们见面后，他便开始正式追求我。那种感觉好亲切，他就像我的兄长。我们拉着手在弄堂里散步，下雨了，他自然地把外套脱下来给我遮雨，这一切都让我既感慨又不能自拔。他那么有耐心，容忍我的任性，照顾我的生活，怜惜我的粗心。他说他这辈子不能没有我，我以为我遇到了前世的姻缘，这辈子的真命天子。我真的认为，只要有一段好的感情，人生就会被照亮，其他一切都不重要。

就这样，我们在一起了两年，但是慢慢地，我发现他有时会不接电话，他的生活也对我有所保留，有些事无论我怎么问他都不告诉我，有时候我觉得我好像并不了解他。他离过婚，有一个女儿，感情上受过很深的伤害；而于我，他却是初恋。我无法忍受这种不坦诚的关系，几次和他提出分手，都被他挽回。但是前几天，他的前妻带着孩子回国，他没有任何征兆地失踪了好多天，等到他若无其事地回到我身边时，却连个解释也没有给我。最后，我们大吵了一架。他说我太任性，我伤害到他，我的逼迫让他害怕，说自己还没考虑要不要再结婚，说要冷静地考虑几天，于是他再次失踪了。

一个说这辈子不能没有我的男人，却如此绝情地对待我，难道他当初说的都是骗我的吗？那为什么要对我那么好？这几天我找不到他，特别是夜深人静、打他电话关机的时候，我就会一个人在房间里号啕大哭，我甚至想过自杀，让他后悔。但我又反复地想，是不是我自己做错了？其实男人也可以保留自己的神秘空间，我不该追究过多。也许这样，我还能留住一段美好的爱情，至少他不会离开我！

给你写信，并不是要诉苦，而是想问问你，我做得对吗？请你帮帮我。

Anita

Anita：

你好。

我有一个朋友，当年怀孕的时候，经常自己一个人坐地铁四处闲逛，她跟我说过她观察到的一件事，你猜地铁上，哪种人会最先站起来给孕妇让座？她说，第一个站起来的是年轻的男孩，第二个会是年纪大点的中年妇女，第三个是年轻的女孩，最后一个，基本从来没给孕妇让过座位的是中年老男人。我曾经就朋友的这个结论向一中年老男人求证，他很坦率地承认，他在地铁里是从不会给孕妇让座的。年轻的女孩很少会去让座，我想是我们这个社会对于年轻女孩比较娇宠的缘故，以致她们大多缺少这种意识。但老男人不让座，理由则是，我凭什么要给你让座，生孩子很了不起吗？

我并不是想对老男人做道德评价，让座不让座是个人的自由，不能强求。我只是想说，老男人有很多优点，但是他们也就是普通人而已，没有很多年轻女孩想象中那样带着英雄的光环。事实上，我觉得很多姑娘看的言情小说、电视剧，是把这一群人过于神化了：一个年轻姑娘，单纯善良，也许貌不惊人，但性格阳光开朗，然后她碰到一个历经沧桑的老男人，这老男人往往是功成名就的，也曾荒唐过，但是碰到这年轻女孩之后，他突然醒悟，意识到自己从前的生活是多么的堕落，于是彻底改过，重新做人，从此和年轻女孩幸福地生活在一起……

这样简·爱式的故事，曾经打动过无数的年轻姑娘，也打动过我。到现在，这个故事还在以不同的版本重新被演绎，造成姑娘们对“老男人”这个词的迷信。就拿曾给我写信的一个姑娘来说，她反复追问我，为什么和她谈了一两年的老男人可以说不爱就不爱了？我不知道怎么能够让她明白，一个人四十年的人生里，她只占了二十分之一的时间，还是最后的两年，这份感情在她心里的分量和在他心里的分量，大概是不一样的。你以为你有多了解他？你想用这两年来的爱来占据他整个一生，抗衡他曾有过的所有回忆？这想法太天真。更何况，人性是复杂的，连他自己都未必知道自己是怎么回事。

再举个例子来说吧，我的一个朋友，一个老男人，因为年轻时受过很多伤害，所以他从来没有善待过他前妻以外的任何女人。因为招惹过比较泼辣的女人，有过一些麻烦，心理上留下了一些阴影，他甚至始终不肯带他现在的女朋友回家。也许这只是一个托词，另外会有其他的原因，但是无论如何，这是一个无法走入一段正常关系里的男人。他完全意识不到，从前其他女人对他做过的一些不好的事情，甚至是其他人对他做过的一些不好的事情，正报应在现在这个很爱他的女朋友身上。别的女人给他的伤害，影响了他对女性整体的认知，这些都要由他现在的女朋友来承担。这对现在这个女朋友是不公平的，她是无辜的。可是人往往就是这样，只会怨恨自己曾经遭受的不公平待遇，希望时时保护自己不再受伤害、不再惹麻烦，却对自己给别人造成的不公平视而不见。这个世界上，肯反省自己的人并不多。

我曾经看过一篇心理学的报道，说有过幸福健康婚史的男人在丧偶或者离异之后往往更容易进入一段新的婚姻生活，而那些曾经备受折磨和摧残的男人往往很难进入一段正常的关系，他们会选择很长时间过渡，甚至一直独身。所以，如果你是这样一个男人的女朋友，你上哪儿说理去？你去怪他吗？他也的确有他的苦衷，他只是顺其自然，按照他的人生轨迹成为现在的他。你去怪他前妻、前女友吗？她们又该去怪谁呢？

不要太迷信“历尽沧桑”这样的事了，这个世界上有很多历尽沧桑的男人和女人，并不是每个人都能够死后重生，脱胎换骨，凤凰涅槃。你问我为什么你的老男人会对你这么残忍，在电影《毁灭》里，朱丽叶·比诺什（Juliette Binoche）说：“受过伤害的人是危险的，因为他们最懂得保护自己。”你的老男人可能并不是要故意伤害你，但是他们一旦决定要保护自己的时候，就可以对任何人残忍，采取任何的方式。你要问为什么，他们为什么会这样，你并没有要伤害他啊，其实，鬼才知道他们为什么呢。他们那错综复杂的老灵魂，敏感到一塌糊涂。你根本就搞不清楚你什么时候会触动他哪段不美好的记忆，他的哪根神经又搭错了。他们自己不说，你就永远别想有答案，何况他们也许自己都不知道答案。

所以要我说，姑娘们不要太迷信自己纯洁的灵魂能解决一个老男人的一切历史遗留问题，拯救他于苦难。很多年轻的姑娘都有纯洁的灵魂，对于老男人来说，你的纯洁的灵魂也并不是什么稀罕之物，和其他姑娘的并没有不同。也别老想象自己是天使的化身，能做一些只有上帝才能做到的事。

“因为懂得，所以慈悲”，是张爱玲经常被引用、也经常被人拿出来嘲笑的一句话。嘲笑它的人，往往是觉得它酸腐，但是我很喜欢。“懂得”并没有什么稀罕，人在经历了一些事情、见多识广之后，多少会懂得一些道理、规律、技巧。然而懂得之后还能慈悲的人，才是真正有赤子之心的人。很多人嘲笑这句话，是因为他们不知道，“懂得”这条道路，还可以把人引领到另外一个结果上去——“因为懂得，所以残忍”，而且懂得的人一旦残忍起来，会更残忍，更会残忍。我常常想，那些嘲笑“因为懂得,所以慈悲”的人,他们不知道被人慈悲地对待，起码是一件幸运的事。如果他们真的见识过“因为懂得，所以残忍”的人，他们是否还能嘲笑得起来?

一个人一旦懂得太多，也就意味着他们有太多的经验可以爱护你，但同时也就可以有太多的经验来伤害你。所不同的只是他们的那颗心，到底是残忍自私心，还是温柔慈悲心。至于残忍有没有错？狮子有没有错？鳄鱼有没有错？这只是最后形成的某种达尔文式的天性而已，无他。

人老了，懂得太多了，慈悲和残忍，有时候只在于他自己决定要走哪条路，这就要看每个人自己的悟性了。历尽沧桑后，还能驱逐那些惨痛经历所带来的负面的杂质，依旧相信爱情，还能有力气去爱别人，这种男人也是有的，这就不仅仅看悟性，还要看胸怀了。也正因为如此，那些能够因懂得而慈悲的人，是真正有赤子之心的人，他们的心和金子一样难能可贵。

老男人到底是好还是坏？好，也没有那么好；坏，也不至于那么坏。如果有需要，他们的好处我也可以罗列出一大堆来，不过很多人已经运用文学的手段做过这件事。有句话说得好：Each time you sleep with someone, you also sleep with his past（每次你和别人共眠时，你也和他的过去睡在一起）。你要和一个老男人谈恋爱，就注定了你不是在和他一个人谈恋爱，你是在和他的家庭、他的前女友、他的前妻、他的孩子，在和你缺席了四十年的他的一切谈恋爱。作为一个后来者，其实你改变不了他什么，除非他自己想改变。

人性是复杂的，你要找一个历尽沧桑的老男人，就不要以为自己可以摘现成的果子吃那么简单。他的房子车子是你的，他的成熟经验是你的，他的珍惜宠爱也是你的，这个世界上哪有这么好的事儿啊？别忘记了，他心头的伤疤也是你的，他内心负面的情绪也是你的，他对这个世界、对爱情的不信任也是你的。天堂或者地狱，都有可能。但是你至少要知道，人家的头四十年没有你的事，也不是为了等待你的到来而准备的，你要么就不要爱，爱了，就要认命，哪怕是下地狱，哪怕是被抛弃。你可以离开，也可以死等拨云见日的那一天，但是，没有人强迫你，不要怨。

他的人生，就由他自己去走完吧。他已经没有一辈子可以给你了，他想不想把他的后半辈子给你，只有他自己能决定。他们早就练就了一身不需要任何人也能活下去的本领，所谓的“不能没有你”，就当是句一时的情话，忘了吧！这是一句骗人的话吗？不，我宁愿相信，这是他们曾真诚地期望自己去相信的一句话。

Letter 22

| 我们心中的怕和爱 |

亲爱的水木丁：

你好。

毕业三年，因为我性格偏内向，平时不喜欢刻意去交际，所以认识的人很少。在父母的催促下自己也有些急了，于是在一个口碑很不错的婚恋交友网上注册了账号。我现在的前男友当时主动联系我，他正在外地出差，每天好多电话短信、好几个时段地嘘寒问暖、哄我开心。几天后的周日下午，他居然飞回来了，与我待了几个小时又匆匆赶回去。学艺术的女孩都是敏感而想得特别多吧，总希望遇到知音一样的恋人。我明知道他是个脑子里只有做生意赚钱的人，但是他简直把我当作他的女神，说一些甜得腻人的话。我想只要有个人把我捧在手心呵护，只要有这样的温暖，也就足够了。

后来他回来了，我们就在一起了。但一些相处的细节还是让我有些意外。我们从来没有进餐厅好好吃过一顿饭，都是在快餐店吃。他没送过我任何礼物，唯一的一次看电影，也是在他的车上。白天大家都上班，晚上很晚他才会过来找我，让我感动的是有些时候下大雨，他还是风雨无阻地来陪我。我工作是单休，好几个周日他一起床就说，先回去一下，然后扔下我就走，偶尔过来陪我吃个午饭又走。

开始，我对他这些行为非常意外，但我还是努力说服自己去接受。到后来，他一整天都不会联系我。再后来我就爆发了，像写论文一样数落对他的不满，就这样分手了。可我又无法接受当熟悉一个人的存在后，他突然就从你的生活中抽离了。我忍不住给他发短信打电话，他都不理我，一个字都没有回复我，分手就是分手了，不管我多伤心难过。他觉得我可怕，一哭二闹三上吊的。

身边很多朋友都对我特别好，很喜欢我，像亲人一样。我也一度觉得自己是个很好的人。但是在男女交往中，自己却这么失败。我是个慢热而又长情念旧的人。一旦投入了感情，就完全没了原则和理智。只要爱他，只要他能陪我，其他都无所谓，都可以抛开。不关心我不理解我不照顾我，都没关系，只要让我看到他，只要在一起，我自己的事都自己去解决，就像单身时一样。

谢谢你的倾听。

阿植

阿植：

你好。

你的这段感情历程看上去很普通，其实是非常有代表性的。相信曾经亲历过或者旁观过这种事的人不在少数。一个男人爱上一个女人，女人却并不爱他，但是男人锲而不舍地追求，最后女人终于觉得自己爱上男人了，男人却又不要了。于是女人又反过来死命地追求男人，两个人在爱情中的位置一下子颠倒过来，原来那么不屑的女人突然开始歇斯底里起来，爱得惊天地泣鬼神了……作为一个旁观者，看完你这封信，我其实很想问问你，你到底知道不知道自己在做什么呢？如果你爱这个男人，为什么你的信里几乎没有提到他的优点？在你眼中，他小气、计较、粗俗、冷漠，唯一的优点就是很爱你，会来陪你，但是即便是这个优点，现在也没有了。你在开始的时候对这段感情是一种将就的态度，在分手这么长时间以后提到这个男人，却说自己很爱他，那你能不能告诉我，你爱他什么呢？你说只要他陪你，不照顾你不理解你都没关系，自己的事情可以自己去解决。可这是在养宠物还是在干什么？最关键的是，你到底是因为害怕单身呢，还是真的爱这个男人？

相比之下，我觉得这个男人反倒对自己要什么十分清楚。他想得到一个人就努力追求，觉得两个人不合适就果断放手。

要知道，你所说的他的这些缺点，在另一个姑娘眼中，完全可能被看成是优点。“小气”是会过日子，“只想着赚钱”是有进取心，她可以和他一样喜欢那些名牌香水，享受那些低俗电影。我并不是想判断你和他到底谁不对，而是你们根本就是两个世界的人，你就是你，他就是他，如果你一开始就无法爱上他，那么之后也一样不会，因为这些属于人骨子里的东西是改变不了的。在你的眼中，他是个没有优点的人，也不能给你所需要的营养，这对于他来说，也是十分痛苦的。一个人要靠别人“将就”自己来维持一段关系，这个人的自尊心得多么强，要有多么爱对方，姿态可以放多低，才能忍受对方把自己看成一个没有优点的人啊。所以他的选择，在我看来，是完全可以理解的。

你说你爱他爱得不得了，我且问你，如果你现在只有十八岁，你还会回过头去追求他吗？如果你现在还有另外两三个条件不错的男人追求，你还会义无反顾地选择他吗？如果这是爱，那么无论你什么年龄，无论你身边还有谁，你的眼中都会只有他。看你的来信，我知道你是真心实意地想找个人好好过日子。但是现在的你就像一个溺水的人，把对方当成了自己最后的一根救命稻草，所以就要拼命抓住对方。本来是有十足把握，唾手可得的，现在却突然丢掉了，于是感觉自己就要沉底儿了，更要拼命去抓，不管是用求的也好，承认错误也罢，那些无法忽视的差异也可以当作看不到，反正就一定要他先爱你，先把这根稻草抓住了，其他的事儿以后再说。但这不是因为爱，而是因为怕。如果你稍微有一点常识的话，就会知道，溺水的人也不是谁都能救的，因为他无论碰到什么都会死命地抓住，常常把救他的人一起拖到河底去。

现在，家庭以及社会各界给单身女性的压力非常大，导致许多姑娘内心焦虑、恐惧，她们迫于压力，忙不迭地走出家门，寻找一个合适的男人，希望趁自己未老之时，抢到最后一根稻草。但是因为太过紧张兮兮，最后又因为过于焦虑和恐惧，把各种各样的男人给吓跑，结果事与愿违，形成了一个恶性循环。这个世界上的事情，往往就是这么矛盾和荒谬。溺水的人歇斯底里得可怕，就比如你，毕业才三年，算算也不过是二十五六岁的年纪，就已经怕死成这个样子。看着你，就好像看着电影里的老桥段：一个人掉到水里，心里一害怕，就开始在池子里瞎扑腾，扑腾得人见人散，鬼见鬼逃，谁也不敢搭把手。最后自己站起来一看，水还没到齐腰深呢。你说，你这是瞎扑腾什么呢？

人人都怕死，但怕死的人最先死。不就是单身吗？真的有那么可怕吗？我真的不觉得你所寻求的灵魂的沟通是什么奢望和错误。很多骨子里骄傲的姑娘嫁得也很好，做小伏低还把日子过得憋憋屈屈的女人也不少。不管你是有个性、独立自主的女性，还是贤良淑德、爱家型的姑娘，关键是你要始终记得自己是谁。要么对对方体贴入微，关怀备至；要么就不管三七二十一，骄傲到底。心里不能怕，骨头不能软，也一样会有男人反过来做小伏低地来找你，别不相信，这世界本来就是一物降一物。所以这种事儿吧，你要么开始就别端着，要端着你就打死都要绷住了。怕就怕你这样的，硬气到一半儿你又怂了，你不是绷住了，你是崩溃了，反过来去求人家。开始对方还觉得自己捧着的是一位公主，现在你这样自毁形象，对方还怎么爱你啊，看你就和其他的恨嫁女没什么区别了，反倒看透你、看轻你，于是优越感立马被你烘托上来。谁会把一个歇斯底里的女人当公主呢？换作是你，你会吗？

也许，你真应该先好好把自己内心的恐惧看清楚。不管你追求的是什么，只有正视自己心中的怕和爱，搞清楚自己正在追求的确实是自己想要的，才有可能真正开始新的生活。做一个心态正常的女人，一段好的爱情才有可能真正到来。

Letter 23

| 被分手不是你的错 |

水木丁：

你好。

下个月我就二十六周岁了，而上个月，我失恋了。我和他是同学，在一起已经快四年了，大四的时候开始在一起。他的家在南方的发达城市，我的家在北方，我们学校也在这里。他一直说服我毕业后跟他走，还去了我家里跟我妈妈承诺，一定会好好照顾我，不让我受委屈。毕业的时候，我义无反顾地跟他来到现在这个城市。令我没有想到的是，他的父母不接受我，觉得我是北方来的，经济条件与他们发达城市有差距。他说如果他家人不同意，他就跟我回我家。那天，我们在城中的小旅馆里抱头痛哭。后来的日子真的不容易，他继续念书，我工作，因为家里的反对，他不能经常陪我。我一个人没有朋友，没有亲人，找房子被当地人欺负，最后只能住在一个农民房，每天穿梭在整个城市去赚取微薄的工资，但是我从来都没有想过要放弃，我相信，只要我们努力，总有一天会好的。

只是，我和他家人的关系，一直都没有好转。这几年，他和我见面都不敢直说，而他和父母每次的冲突都会让他有所担忧或者动摇。

除了这件事，他都对我很好，我们很相爱。我总是鼓励他勇敢一点，不只是我们的事，包括他自己的学业和事业，都要积极争取。

几年过去了，我的工作慢慢稳定，收入也增加了一倍，爸妈也来了这边准备定居，他也终于毕业找到了挺不错的工作，我却发现一切都在慢慢改变。

他的工作很不错，让他有了很强烈的优越感，就好像以前他一直是被我拉着走，现在突然一下子走到我前面了。他开始对我挑剔，不再迁就我，也不再在意我说的话。我明白两个人要一起进步才能长久在一起，于是我跳槽换了待遇更好的工作，我去学外语，我花更多时间修饰自己的外表，我读很多书，我希望自己能像以前一样让他觉得骄傲，可是当他一次又一次地跟我说“我现在的工资是你的一倍”的时候，我问他：“你在意的到底是我的努力，还是很多钱？”他竟沉思了一下，对我说：“很多钱。”

我已经尽力做了一切能做的，可是等来的还是那句分手。他给的理由是，家里不同意，对未来没有信心。然后，在半夜十二点的广场上丢下哭泣的我，走了。我连背影都没有看到。

从那时到现在，我像死了一样。我不明白，快四年了，曾经一起吃的那些苦，曾经一起面对的那些困难，我曾觉得我们亲如骨肉再也分不开了，怎么会说变就变了呢，变得我都快认不出了。

我再也没有联系过他，他也没有找过我，我想爱没有了至少还要有尊严。感情不能勉强的道理我懂，他说家里不同意只是借口，我也明白，一切都是因为不爱了，至少是没有那么爱了。现在，我对生活感到绝望，对未来没有信心。我已经二十六岁了，是不是还能遇到一个真心待我的人？与我一起走过那么多困苦日子的他尚且可以这么轻易地放弃我，还有谁是可以与我走一辈子的呢？

很抱歉，写得有点长，期待你的回复。

小 m

小 m：

你好。

看了你的信，我替你难过，也很心疼你。你让我想起我身边那些懂事的姑娘。也许是受教育的原因，也许是成长环境所致，她们总是尽自己最大的可能去理解这个世界，宽容他人，待人接物讲道理、讲分寸，很知趣也很要脸面。因为生怕给别人添麻烦，或者给别人造成伤害，她们对这个世界，付出的总是比要求的多，她们不好意思和别人提要求，很多事情都自己努力解决，总觉得凡事要自己做得好了，才会被人接受；被人欺负了，被男人甩了，她们要么是尽量在自己身上找原因，自我检讨，不断为那个男人找借口，比如“我想这也不是他的错，是我没有跟上他的脚步，是我给他太大压力”；要么是劝自己放手，给他自由，让他快活去。她们总是不哭不闹不撒泼，尽量保持风度，真是打落牙齿和血吞。

可是，我曾经和她们饮酒到天亮，我曾陪她们流过泪，我知道她们内心的痛苦，她们内心是那么脆弱，却要保持这样的风度，是多么的了不起和不容易。其实，她们都是笨拙的孩子，扎手舞脚，手足无措地面对着这个世界，却始终没有上帝来给她们派糖果。

最可笑的是，似乎有一种约定俗成的规矩。如果这个姑娘在发生这样的事之后找某个朋友倾诉，或给某个情感专家写信，常常会被劈头盖脸地数落一顿——技巧不对，方式不对，心态不对，姿态不对，给男人压力太大，自身不够优秀等等。他们也许是好心想帮助你进步，可是我想对你说的是：姑娘，从你信里的描述来看，我看不出你有任何的不好、任何的过错大到要被分手的程度。分手就是分手，两个人各有各的追求，被分手的一方不等于就是过错方，虽然人们总是倾向认为一个人一定是因为做错了什么才会被分手，但是我认为，这种“过错论”本身就是个错误。

爱情和对错本来就不是百分之百的因果关系，不要认为是因为自己不够好、不够完美所以才被分手，如果是那样，难道那些最后终成正果的恋爱，是因为两个人都优秀完美吗？我看未必吧。那些争吵不休的夫妻、抛弃孩子的父母、不孝敬老人的子女，不也都是结了婚的普通人吗？可见，这些貌似很合理的逻辑，是多么可笑。

姑娘，你没有什么不好，你很好。缺点嘛肯定是有的，但这个世界上本来就没有人是没缺点的，连环杀人狂都有人嫁，你这点缺点算什么？就算是再有所谓的不好之处，也只是普普通通的不好吧？就算不是什么七仙女，也不至于是妖魔鬼怪吧？不要因为一个男人而放弃了相信自己。他们要分手，总是要找这样那样的理由，别太拿那些当回事，随他们去吧。

至于具体到你的男朋友，其实有时候看男人，反倒是要先看他的母亲，然后才是他，你会发现很多你不愿意承认的更真实的东西。如果你当初多一点经验的话，就应该想到，一个嫌贫爱富的母亲，教出一个嫌贫爱富的儿子，其实也不是什么奇怪的事。这位母亲真的是比你更了解她的儿子。读你的来信，我感觉你的男朋友应该算是一个“寄生植物”，他其实原来就是那个样子的，需要一个比他强的女人带动他，这些原本是你做得到的，可能当时给他带来的动力和滋养比他母亲还要多，所以彼时彼刻他需要你。而此时此刻，他已经强大，需要找另外一棵树去吸取养料了。你以为是他变了，其实只是你自己看错了，他没变，只是你不再有用了而已。你想要的为他付出，让他有出息，然后可以依靠他生活，那是永远不可能的。Dr. House（豪斯医生）说：People never change, people lie（人从不改变，人只是说谎）。

这句话用来理解你的男朋友，那就是他并不是变了，而是他从前是撒谎，这谎言并不仅仅是对你，也是对他自己说的。爱情是否长久，和两个人是否一起吃过苦是没有关系的，有的人和你一起吃苦只是暂时的不得已，是否能够重情厚义，还是要看人的本质。如果你问我，难道从前的爱都是假的吗？当然不是了，我相信每一根藤蔓都是深深爱着它寄生着的大树的。

自省没有错，懂事也是好的，经验是要吸取的，但是有时候自省过头了，就变成妄自菲薄了。一个男人瞧不上你，那只是他以他的价值观来评判你，不等于全天下的人都瞧不上你。至少从你短短的几行字里我能看出，你是那种实实在在的好姑娘，勇敢地追求自己的爱情，虽然失败了，但是依然让人佩服。这样的年代，还有什么比这种好姑娘更珍贵的吗？没有做错的事就是没有错，技术性的错误也不是什么大错。如果有什么人因为你被分手了，就认为你是过错方，非要你检讨，否则你就没救了之类的，这样的人不要理他就好了。

Letter 24

| 男人都有“第三者” |

水木丁：

你好。

我的男朋友是一个程序员。每当他接了一单活儿，开始工作的时候，他就开始不正常了。他会随随便便骂人，不管我做任何事情，说任何话，都会被他骂。有时我索性就不说话了，可他又会说：“让你说为什么不说了？”这个周末，他又有工作。我就躲在卧室，他喊我吃饭的时候，我才会出去。吃完饭，他就开始继续工作，我来收拾东西，他就会着急地说：“你烦不烦啊，站我跟前晃来晃去的，我要编软件，你影响到我了，你赶紧回去吧……”我说那我马上回家，他却说好不容易来一趟，多玩一阵子。我说好，他过会儿又开始发癫让我走。我说那我买明天的飞机票好了，他又不让我走。反反复复，我都快疯了。最后，我终于毅然决然地走了。

还有一次，他工作的时候，我打电话给他，说给他寄了礼物。他开始挺开心的，还说谢谢我，我说不用谢我，我们之间不需要谢谢（因为希望听他说爱我）。没想到，他的态度立马来个转变，骂我思想有问题，浪费时间买什么破礼物。之后就跟我断绝了联系。随即消失了两个月，一头扎在工作里。工作结束之后，他再找我的时候，还跟以前一样那么亲。

我该怎么办啊?

希望能得到你的回信。

谢谢。

M

M：

你好。

看到你的这封信，我一度怀疑你是不是发错人了，因为你提的这些问题，都是报纸杂志上情感专栏的标准问题。通常，回信的人也会给出标准答案，比如“你应该和你男朋友沟通一下”，或者建议你分手，或者建议你多多理解他，或者告诉你以后他如果这样你就怎样做，如果那样你再怎样做等等。你要知道我这里从来没有这些你想看到的话，所以你问我怎么办，老实说，我当然可以如上所述教你一番。但是这些废话，连我自己都不相信它真的能够药到病除，所以我也懒得说。

不过，你的这封信，让我想起前几天我和一个朋友边吃冰激凌边闲扯的时候，突然想通了的一点——其实男人都有第三者。虽然不是百分百，但也是百分之九十九吧。当然，我所说的这个第三者不是通常意义上讲的那种小三插足，而是包括了所有事业、功名、金钱种种方面的追求。不信，你可以仔细观察一下身边的男人、男孩。只有极少的男人会像女人一样把自己全部的心思和精力放在感情和自己的小日子上，即使他们在事业上没有野心，没有上进心，不是成天看书学习什么的，他们还可以整夜玩游戏，或是和哥们儿喝酒、钓鱼、打篮球……至于对爱人的专注，多说也就是那么一两年而已。就我个人的观察和经验来说，男人中的绝大多数并不是把爱情放在最重要的位置，也许曾经最重要，但不会是永远。只不过对于大多数女人来说，只要这个第三者不是一个大活人，就一切都可以考虑接受。

相比之下，很多女人从小受到的教育是：爱情、男人、家庭，就是一个女人的全部。男人们总是说，他是为了“我们”在打拼天下，但其实他们大都只是为了“我”打拼天下而已，只不过很多男人是把女人也纳入“我”这个范畴之内。在这件事上，他们倒不是在撒谎，他们只是真诚地相信，“我”即“我们”。

当然，得说句公道话，把爱情摆在第一位的男人，会有被认定没出息的可能，从这点上来说，男人也有男人的难处。你说男人自私？也许吧。其实女人也一样自私，只不过很多女人在恋爱中根本就没有自我，她们毕生的事业、未来的经济保障都要依靠男人，她们有的只是男人口中的“我们”。很多女人貌似不自私，其实只是因为没有“自己”可私而已。

我有一个朋友，老公是出类拔萃的科学家，年纪轻轻就是知名高校的副院长，此人人品很好，绝对不会在外面乱搞，因为他几乎所有的时间都待在实验室里。我这个朋友在生活上的安定是没得说，大家都羡慕她。但是她常常独守空房，永远在等待之中度日，没人能理解她的痛苦。一起出去玩，她说她老公明确告诉她，自己人生中最重要的是事业，其他的都排在后面。她说的时候很难过，我听了也很心疼，但是也帮不了她。你现在问我该怎么办，其实你想问的是该拿你男朋友怎么办。我只能告诉你，我们办得了的人只有自己。

办不了，就不办。最近这几年来，我已经懒得去想怎么“办”男人了。女人一辈子都在学习怎么对付男人，书店里一本本的书都是在教女人这个，研究琢磨男人们在想什么，要怎么讨好他们，取悦他们，如何“管、理”他们……每次看到这些，我都觉得非常消化不良。但是很少有一本书是教男人怎么认识女人的。即使有，男人们也不爱看。他们不琢磨我们、不研究我们，至少不像我们花这么大的工夫对付他们那样来对付我们。如果他们有多余的精力，他们宁愿去研究程序、研究钓鱼，或在体育场上挥洒汗水。对于你男朋友来说，琢磨程序比琢磨一个成天琢磨他的女人更有意思，更有成就感。这话听起来比较伤人，却是句大实话。

对于女人来说，如果能接受对于男人来说，这世界上有很多事比和一个女人待在一起更让他们感兴趣这个事实，日子可能会好过一些吧。因为如果一个男人成天琢磨女人的话，那一个女人可能就不能满足他了。想想看，好不容易练成一身绝世武功的人，怎么会随便退出江湖呢？多可惜啊，搁你你也不愿意啊！那时候能满足他的，要么是多个女人，要么就是比程序还复杂多变的女人了。

所以，男人有时候很简单，问题其实也不复杂，但是你即使知道问题出在哪儿，也拿他们没办法。必须得承认，一个男人要是拿他平时娱乐时间的一半出来琢磨琢磨自己的女人是怎么回事，天下就有很多婚姻相安无事了。但他们就是不想。所以，这是没办法勉强的事。爱情是什么、怎么做是对的、怎么做是错的，每个人都能讲一堆道理。但是，如果靠讲道理就能把人给办了，那日子就不叫日子了，叫情感专栏算了。能改变自己的人只有自己，而我们能改变的也只有自己。你实在要问我怎么办，其实也很简单，没有答案的问题的答案永远只有一个，那就是放弃问题。少琢磨点他，多琢磨一下你自己。也许当你开始琢磨你自己了，你的男朋友也就会开始琢磨一下你了。

Letter 25

| 关于他抛弃你的一千个理由 |

亲爱的水木丁：

2004 年，我来到上海读研究生，在学校教室里邂逅了他。我对他是一见钟情，第一眼就喜欢上他，那个时候，浪漫单纯得一塌糊涂，因为彼此都是对方的初恋，所以爱得毫无保留。2007 年，我们一起毕业，一起找工作，一起留在上海。2008 年，我去内蒙古拜见了他的父母，我感觉得到他父母并不是很喜欢我，他说没关系，父母会尊重子女的决定。

第二年五月，他母亲要来上海和他同住，他说要搬出去住，我答应了。六月，他母亲来了，像是老天故意安排的一样，他母亲行程临时改期，换到了我出差到厦门的同一天。抵达厦门时，我电话给他母亲表达歉意，说没能接机，电话里没有听出任何异样。几天后，我回到上海，他给我打电话说分手。一个星期前，他还在我耳边软语温存，说一起努力，一起奋斗；一个星期后，面都不见在电话里就变成了分手。

刚听到分手的我，心里充满着恨，恨他连我们一起努力的机会都没有去尝试就宣布投降。我也很决然地同意了，像是在休克一样，没有太多疼痛。接下来，慢慢缓过神来，想到从我二十四岁遇见他，到二十九岁分手，这段曾令同学朋友那么羡慕的恋情黯然收场，心里开始很疼很疼，一个月的时间，我的体重一下子跌到了八十斤，为此，我也失去了重要的晋升机会。其间我也同他见过一面，想知道为什么要分手。他说我的爱让他没有空间，我们很多习惯都不一样，他还列举了诸多对我不满的例子。

今年五月接到他的信息，说要移居北京，离开前再见一面。这一见，我更多地看到了他当初的想法。他也许更早更早就不爱我了。他借着母亲来的幌子跟我分手，把我拖在一段他自己早已不认定的关系里，可惜我还傻乎乎地等着去结婚。一段伤痛的感情结束后，我发现自己好像丧失了爱异性的能力。我并不恨嫁，但希望能找到一个自己爱的和爱自己的人结婚；我是快三十岁的女人了，周遭人热情询问归宿时心里是不安的；但我也不想糊涂嫁人，仅仅是因为大多数人都觉得你该嫁了；我更不想不嫁人，我渴望找到一个人相知相守。

亲爱的水木丁，你读得出我的惶恐吗？谢谢你能耐心看完！

祝：健康、快乐！

阿拉蕾

阿拉蕾：

你好。

在正式回答你的问题之前，我想先说一句题外的话，有时候收到一些读者的来信，常常让我觉得自己作为一个作者，是一个很幸运的人，因为从来信的字里行间，我能感到给我写信的是一个聪慧、懂事又善良的人。虽然可能有这样那样的问题需要探讨，但你们都是悟性很好的、能听懂我说话的人，这让我很喜欢和你们通信，并不觉得这是一个工作的负担。读你的来信，从你字里行间的表达方式，我感觉到你是一个懂得自省、为人谦和、有责任感的姑娘。这是我作为一个作者，基于文字的经验和直觉得出的看法和判断。你身上的这些特质是这个时代里不可多得的好品质。所以你看，你对自己的描述和判断，与别人眼中你的样子，还挺不一样的呢。

当然我同时也知道，即便是你身边的朋友、同学，你的父母，甚至连我这个陌生人，都打心眼里认为你是一个有很多优点的好姑娘，但是在你的心里，我们的话还是抵不过离开你的那个人对你说的一句贬损的话。我们所有的人对你的肯定，都抵不过那个人对你的否定。也许你在理智上也知道这些，但是在感情上，就是会抱着他对你的判断不放。失恋的人常常是这样，把这一个人对他的宣判当成全世界对他的宣判，而对周围的人对他的爱、对他的尊重全部视而不见。这种钻牛角尖的心态，有的人很多年都没法绕出来，有的人经过多年疗愈，看上去正常了，但实际上内伤非常严重，自我评价极低，这导致他们的人生迟迟不能重新开始，害怕爱，也害怕伤害，就像你说的那样，失去了爱的能力。

照理来说，一段感情结束了，无论采取怎样的方式分手，都难免造成伤害。尽管如此，我们还是可以尽量做到，在分手的时候，能看在往日的情谊上，为对方的未来着想，尽量地保护对方的自尊、自信，坦诚地面对问题，承担自己应负的责任，不要把过去的感情、把对方的整个人都全盘否定，告诉对方自己也一样在承受痛苦，彼此陪伴走过这段最艰难的岁月。这就是做人起码的厚道。

然而有的人，却总是急于推卸责任。好的时候甜如蜜，分手的时候就把对方贬得一文不值。被抛弃的一方心里有怨气，这样做可以理解，无非是想给自己挽回点尊严，把日子挨下去。可有时候，恰恰是急于摆脱这段感情的一方会不声不响地走开，不解释，不沟通，到最后却说出“我离开你都是因为你不好”这样的话来。已经做了十分伤人的事，还要在对方身上踩上两脚，只为自己能够尽快从麻烦中脱身，只想着自己要如何摆脱负罪感、愧疚心，却完全不顾他人死活，不管被他伤到没有了自尊心和自信心的人，将来要怎么继续生活，怎么去爱，怎么相信自己还是值得被爱的，这种人，可真是自私透顶的烂人啊！

不爱不是错，但是不爱就不爱，干吗要糟蹋人呢？遗憾的是，现实生活中，很多人就是会这么做。对于这种人的这种行为，我们无力左右，但是我们至少可以看清楚，那些分手了反倒过来贬低、损害和羞辱我们的行为，不是因为我们真的是一个那么不堪的人，我们至少要懂得对自己公平一些，客观一些，不要那么轻易地被一个已经不爱自己的人毁掉一辈子，不要让对方释放的负能量弥漫在自己的生活里，把自己的未来吞噬掉。再扯远点说，你这样全盘地否定自己，不就是在全盘否定你父母对你的辛苦培养和教育吗？这又让你的父母情何以堪呢？他们同意别人这么评价自己的女儿吗？所以，我觉得你就算是为了父母，也不可以妄自菲薄，如果你真爱他们，就不要把他们引以为傲的孩子贬低得一无是处。

从你的信中看，你的男朋友也未必说的都是实话，也许他只是厌倦了这段感情，也许他是找到别的女孩了，也许他嫌你家境不好耽误了他的前程，等等吧。如果他不说，你是不可能知道的，人是会撒谎的，也会给自己找借口。你也不必再猜，因为那些都不重要，重要的是他不想和你在一起了，但是这一切并不一定是因为你很差。

至于走向分手的技术性原因，我想肯定也是有的。不过也不必过多自责，年轻时谈恋爱，谁不是摸着石头过河，磕磕绊绊地走过来呢？难不成那些终成正果的爱人，都是情商一百分的人精？我看也未见得。所以在这里，也想和你的朋友及家人说句话，就是身边有姑娘遇到这样的情况，别急着跟她分析过往的对与错，支持鼓励、帮助她心理重建比什么都重要。一个人如果连爱的勇气都没有了，懂得那么多技术上的道理又有什么用？至于你，善良的姑娘，我只想对你说，站直了，别趴下，咱不能让人随便糟蹋。无论未来是怎样的路，都要做一个有尊严的人，挺直腰板走下去，勇敢爱，相信爱。不管结果如何，这是我们不枉来过这个世界的唯一方式。

Letter 26

|婚姻可以找，爱情只能等|

水木丁：

你好！

我今年二十四岁了，一次正式的恋爱都没谈过，同事帮我介绍过，其中也有几个感觉合适的，但谈不到一个月我就跟对方说，散了吧，没感觉。您看到这里，可能会觉得一个月怎会了解透彻一个人？是的，现在想起来，我确实犯了这样一个错误，这也与我的性格有关。我性格比较内向和含蓄，不知道如何与男人相处，一感到不适应我就想逃避，心想，散了吧。

到目前为止，我相亲的男生快有三十个了，我自己想想都不可置信。我已经二十四周岁了，自己也认为确实到了应该结婚的年龄，所以，今年我最主要的任务，就是找对象。但是，在找对象这件事上，身边的亲戚朋友有一个共识，那就是找一个经济条件好的，这样的话，以后的生活压力会小一些。我觉得他们说得有道理，他们讲的那些“贫贱夫妻百事哀”的故事也确实吓住我了，我也有些动摇了。

水木丁老师，盼回复，谢谢。

安安

安安：

你好！

经常会有像你这样二十几岁没结婚的姑娘给我写信，很焦虑地问我："我都这么大了还没结婚，我已经相亲过三十多次了，可就是找不到合适的，你说怎么办呢？"每当读到这些信的时候，我都会有那么一点点的怀疑，写信的姑娘确定是想问我，到哪里去找男朋友、怎么找到合适的男朋友，这种关于人生攻略的问题？这个世界上大多数人，是按照社会既定的游戏规则去一个个做任务、打通关的，而我是个按照自己的游戏规则去生活的人，我们在不同的游戏界面里，我的具体经验未必对你就是适用的。所以你如果说这个游戏好难，该怎么打通这一关呢？我可能干脆告诉你说，那就不要玩这种烂游戏好啦。不过我想你可能做不到。所以，我只能简单地聊聊我对这种困境的看法，不是什么攻略，你就当参考就好。

文坛上流传着一段故事，是说作家铁凝年轻的时候去拜会冰心，冰心问她："你有男朋友了吗？"铁凝说："还没找到。"九十岁的冰心就对她说："你不要找，你要等。"结果铁凝真的到了五十岁的时候，才等到了她现在的先生。我身边的朋友们都开玩笑说，冰心这句话是把铁凝给害惨了。我也觉得是这样，但后来仔细一琢磨，老人家这话说得其实也没错。

爱情只能等，可以找的，其实是婚姻。

无论你是去相亲三十次还是四十次，真正遇到那个命中注定的爱人，还是要有缘分。如果命中注定你爱的人是第三十八号相亲对象，那么三十七号都绝对不可能是他，差一个都不行。如果注定你在三十岁的时候遇到那场爱情，那么差一天你都遇不到他。

有的人先结婚后恋爱，有的人初恋就一辈子在一起，有的人一辈子从来不知道爱情是什么滋味，有的人寻寻觅觅，爱过许多次，经历过许多男人或女人，最终内心依旧是空荡荡的。

爱情的确是不要找，只能等。但婚姻就不同了，婚姻是一种契约关系，家庭是一个经济共同体，需要的是一个一起过日子的伴儿，这个伴儿当然可以用很多标准来衡量，有明确标准的人和事都是可以找的。虽然也有难度，但是标准毕竟是可以上下浮动的东西。感情这种事，不来电就是不来电，死等不来也是没办法。不像婚姻，只要你标准定得合理、合适，撒开了欢儿去找，早晚还是找得到的。找不到，还可以检查一下是不是自己标准定高了，可以调整一下，将就一下，相对还是好处理的。

当然了，有的姑娘认死理儿，说我定的这个标准怎么就那么不好找呢？嗯，谈判还得互相让步呢，贸易大战还要相互妥协呢，谁要是非一口咬死一个标准，那真的就是自己的问题，不能怪命不好，怪只怪自己求全责备，眼光太高吧。我身边也有些朋友就是和老公从相亲开始，到最后有了一种过命的交情。虽然没什么激情，但平平淡淡、相依为命的日子也还是过得不错的。至于遗憾嘛，人生本来就是怎么选择都会有遗憾的，当事人自己真的能接受就可以了。

归根结底，还是要看你自己是一个什么样的人。如果你是一个更相信感情的人，就会始终坚信自己应该跟相爱的人结婚，心甘情愿地等，没有也没关系；如果你是偏重于实用主义的人，就会认为谈结婚的对象讲究的是一个条件般配。这两者其实是很不同的，前者才应该叫作谈恋爱，后者其实是在谈婚论嫁。感情是艺术，婚姻是契约，我一直觉得，这完全是两个不同层面的事。只不过，很多人分不清，常常把它们混在一起谈。

有趣的是，这两种人总又喜欢互相批评、互相纠正。实用主义者嘲讽爱情至上者不聪明、任性，爱情至上者说实用主义者现实、势利、太工于心计。我倒是觉得这种事没有绝对的对错，每个人能够按照自己的个性各取所需就好，这两者之间也并没有哪一种比另外一种更高明，说白了，大家都是在这茫茫红尘中谋生亦谋爱，想要得到的，都是自己真正需要的。只不过有个前提是，你必须知道自己真正想要的是什么，如果你过于偏重其中的一方面，另一方面有可能就要有所放弃。虽然每个人都希望鱼与熊掌兼得，但那的确要靠太大的造化，和你努力不努力并没有关系。你一定要两者都有，就只能等老天给，至于老天给不给，那就真的不好说了。

所以你的问题可能就在于此，以实用主义为前提要求完美的爱情，这本来就是个悖论，因为真正纯粹的爱情，本来就是一种不顾一切，不分贫富贵贱都和那个人在一起的感情。钱、房子、工作这些现实层面的条件，在这个变化多端的大时代里，并没有我们想的那么恒定。假如双方最初不是因为深爱着彼此才走进一段婚姻的，那么我觉得，在人生的漫漫长路上，真有什么可能保证婚姻稳定的话，其实只有最简单的两点：第一是自己做一个好人，第二是嫁一个好人。

如果一段婚姻不是为了爱情而结合，假如有一天，你病魔缠身，还能对你不离不弃的，一定是那个重情重义的男人；出现了第三者的诱惑时，能够坚守婚姻契约的，一定是那个讲信义的男人；你的父母需要你帮助时，能够陪着你不嫌弃的，一定是那个心怀慈悲的男人；事业不成功，也会努力振作去赚钱养家的，一定是那个有责任心的男人。所以姑娘啊，真要讲实用主义的话，我觉得没有什么比人品好、性格好更实用的了，那是一个人骨子里的东西，比什么都重要。我一直相信，一对夫妻，如果人品好，勤劳肯干，只要他们不是笨蛋，运气不是差得没谱，他们的日子是差不到哪里去的。

等爱情，还是找婚姻？其实，人只要知道自己想要什么，就不会那么纠结了。等爱情的安心等，找婚姻的积极找。重要的是，大家都要放宽心，该来的就会来，该找到的就会找得到。怕只怕等来了爱情，又嫌弃对方条件不够；找到了不错的婚姻，又觉得没有激情太无聊。怎么着都不行，那就会像现在的你以及很多姑娘这样啦。

Letter 27

| 若不是爱过又把你失去 |

亲爱的水木丁：

您好。

我是一个已经三十岁的大龄未婚女青年，刚刚见完有妻有子的初恋男友。这个见面很单纯，就是见面吃饭。在此之前，我自从知道他结婚了就再也没主动和他联系过，他偶尔来电,我也是保持距离,只问事务。我的原则很清楚，选择了结婚，还要来我这里找暧昧调剂你的婚姻，那是没有可能的。而这次，可能我正在病中，原则把持得就没有那么好。

然而，见完面后我发现，感觉竟然还是蛮愉快。更为重要的是，他现在混得很好，有名车豪宅，是我在这个时期非常渴望的那一类男人。我对物质的要求不是多高，舒服安稳就好，但有钱加上有趣，却很难得了。尤其是有趣，这让他显得魅力四射，让我感到了深深的遗憾和懊悔。

一个不爱自己的男人，再好也和自己无关，这个道理我明白，我所以这么后悔，是因为我本来可以拥有他。我们是大学同学，恋爱两年我冲动之下提出分手，后来想挽回无果，想离开他又总留一点期盼，纠缠日久我无法忍受，便去了另外一个城市读书。后来我几度恋爱，毕业时却还是孤身一人。毕业后找工作时，他突然来电。当时，我手头恰好有几个不错的机会在他的城市，我几乎要以为那就是传说中的缘分。然而去到那里，我发现他对我仍然不是一个爱我的男人应有的表现。多年纠缠，我对他信任的基础已经相当薄弱，加上那些工作都不太吸引我，仓促之间我选择了另外的城市，放弃了他的城市。选择之后，我其实小有后悔，他也仍在和我联系，我其实也在考虑，如果我和他有发展也可以再过去。再然后，我从别人嘴里知道了他结婚的消息。

吃完饭，我就让他送我回去。他说让我先去他的酒店，他把带的什么特效胃药给我，我说我已经好了。在离我住的地方还有五分钟路程的地方我让他停车，自己走了回去。思绪万千中，他打来电话，很大声地放一首歌，我嘴里说歌词听不清，讥讽他一把年纪还这么恶俗，听这种滥情的歌，眼泪却掉了下来……

我不明白我在哭什么。我仍然不认为他是真的多么爱我。如果爱我，我们不会到今天。和他的相见给了我一种感觉，会不会我和他本该是圆的两半，但错过了彼此。他对错过的遗憾，我相信是真诚的。只不过由于他事实上的圆满，和他更关注的现实，所以这遗憾对他不构成多么大的影响而已。而我在现在的境况下，却担心由于自己的错误，错过了一个可以让人生愉快的伴侣，而且再找不回来了。也许，我只是害怕，害怕我的未来中，连他这样的都不会再出现，我所期盼的爱和幸福，最后其实不会到来……

真的很想听听你对这样的我，这个三十岁还在水中央，对未来失去了掌控感的女人，说点什么啊……

一个相当忧愁的窝窝头

窝窝头妹妹：

你好！

你也许看过美国电影《秋日传奇》，但今天，我想从另一个角度，把这个故事再给你讲一遍。

南北战争前夕，一个年轻的姑娘遇到了一个年轻人，两个人互相爱慕，顺利地发展到了谈婚论嫁这一步，男孩便带着姑娘去见自己的两个哥哥和爸爸，结果姑娘第一眼看到男孩的二哥，就爱他爱得不能自拔。二哥也爱上了姑娘，但是他非常爱自己的弟弟，姑娘也觉得自己不能辜负弟弟，只能把这份爱藏在心底，有时候会默默地幻想一下，如果没有弟弟该多好。不久，南北战争爆发了，弟弟竟然真的在战场上身亡了，哥哥从战场上归来，终于可以光明正大地爱自己喜欢的女人，但是他内心对弟弟始终心怀愧疚，最后还是选择了离开故乡四处旅行去疗伤。

姑娘等啊等啊，等了很多年，最后终于等来了二哥的一封信，他让她别再等了。于是姑娘只好放弃，嫁给了一直默默爱着自己的大哥。但是，当她终于心如止水的时候，那个男人却又突然回来了，站在阳光下，她的玫瑰花丛前，他带着给她的礼物向她求婚。姑娘此时肠子都悔青了，然而这一切都无可逆转。男人只好祝福了她，也接受了这个现实。本来，这个男人就此继续做他的浪子，姑娘也不至于更痛苦，反正他就是那样一个不驯服的人，这世上没有哪个女人能得到他的心。然而有一天，他来告诉她，他要结婚了，他的新娘是他们看着长大的一个小女孩。你能想象姑娘听到这个消息时，内心是多么崩溃吗？那个小女孩很小的时候曾经跟这个姑娘说，自己长大了要做这个男人的新娘，然后人家什么也不用做，长到了十八岁，就顺理成章地嫁给了自己的白马王子。而她呢，她用了她最好的年华去等他，她付出所有，承受痛苦，只因为实在等不下去，只好放弃了，所以没有得到想要的那个结果。

如果你觉得这只是个电影故事，太过戏剧性了，我还有个家常版的真实的故事，说是一个姑娘和她的男朋友谈了七年恋爱，怎么也不能成婚，没别的原因，因为那个男人恐婚。姑娘实在忍无可忍，终于提出分手，男人于是同意了，反正我没有对不起你过，分手也是你提出的。结果令人惊讶的是，三四个月之后，男人认识了一个女孩，立刻认定了对方是自己生命中注定的女人，竟然闪电般地结婚了。姑娘则一直寻寻觅觅，虽然立志一定要找个比前男友更好的，但无奈一直没有遇到。后来的某一天，男人在和友人聊天的时候，突然情绪失控，泪不自禁。他说，有一天他发现他的新娘像极了当年的她，才知道他一直都是爱她的。然后……然后能怎样呢？这件事除了被本人改写成小说换了几个钱花花以外，并没有怎样的续集再发生。

我想，曾经经历过这样爱情的人，不在少数吧。想当年，如果我们能够更成熟一点儿，更懂事一点儿，更退让一点儿，更坚定一点儿，更珍惜一点儿，我们的爱情也许还可以牵手走到今天。但是当年的我们，就是一定要那样争吵，那样固执、较真儿，就是那样毅然决然地放手了，因为那就是青春。即便从头来过一百次、一千次，我们也还是会做出同样的决定。因为当年的我们不是现在的我们，当年的我们就是会做出这样的决定。所以，现在的你和他重新相遇，你们是和从前并不相同的两个人，现在的你们也许终于成长到适合彼此了，可惜没有人可以回到过去，好不容易人对了，时间又不对了。所以，当初的决定未必错，现在的后悔也未必对，错的只是错过本身，不在他，也不在你。

有人苦苦等待一生都等不到，有的人顺其自然长大就水到渠成。老话说得好 ：“人比人得死，货比货得扔。”所谓“命中注定”这四个字，总是说说容易，接受起来却很难。人活在这个世界上，什么是该坚持的，什么是该放弃的，我们常常当时觉得自己很明白，但回过头去看，又开始怀疑自己如此的命运，是不是因为当初曾做错，后来屡屡错。怀疑自己总是坚持了不该坚持的，放弃了不该放弃的，才造成今天的遗憾。

可谁又是从一开始就能够预测到这样的结局呢？如果不是经过失去的痛苦，他不会是今天成熟的他 ；如果不是经过后来的寻寻觅觅，你也不是今天懂得珍惜的你。生活就是这么戏谑，一个女人总是会成为一个男人的好学校，教出来一个男人，但最后这个男人却离开了她。这是用自己的青春和血泪为另一个女人做了嫁衣。然而，我们却死活逃不出这样的命运。只要你一天不肯彻底放弃，他就无法从彻底失去中醒悟。多荒唐，从无知到有知的过程总是如此，如果当初不曾爱过又把彼此失去，我们不会成长为今天更适合彼此的那个人。亲爱的，你当初的选择是对的，那就是当初的你面对当初的他应该做出的选择，即便镜头再倒回重放一百遍，当年的我们，还是会在当年的心境下走同样的路。人生往往就是如此，有时候人之所以拼命想挽回点什么，改变点什么，只是因为不肯放过自己罢了。

“请赐予我平静，去接受我不能改变的；请赐予我勇气，去改变我能改变的；请赐予我智慧，分辨两者的区别。”现在回头再看这句话，才明白，生活必以它自己的方式先赐予我们智慧，然后才会随之而来，给我们以平静和勇气。而遗憾就是这个赐予的随赠品，你无法只要一样，不要另外一样。

不过无论如何，能感受到这份生活的赐予也总是好的，毕竟不是每个人都有这份悟性。所以原谅自己吧，也放过自己，既然遗憾是必然，就让人生充满遗憾吧，什么都不必改变，因为有遗憾的人生，才是人生本来的样子。就让日子继续吧，什么都不必重来，直到有一天，当我们再次回头看，往事还是那些往事，但生活终会让我们懂得：

将要直面的，与已成过往的，较之深埋于我们内心的皆为微沫。

——爱默生

Letter 28

| 比起真理，他更想要的是你的崇拜 |

亲爱的丁丁：

你好。

我现在最想知道的是两个在价值观上存在着巨大分歧的人，生活在一起会怎样？在我的观念里，两个人在一起最主要的就是能良好沟通，互相理解，因为只有这样才能和谐相处，我的朋友们也都是因为臭味相投才凑到一起的。为什么这些东西在我男朋友那里反而找不到呢？我现在也不知道是什么让我们走到了一起，但是我们在价值观上确实有很大的不同。他是一个很务实的人，推崇个人价值的实现，在他看来，实现个人价值的直接方法就是追名逐利、升官发财，然后也许可以兼济天下，并且最好能留名后世。他做事情的出发点是看这个事情是否对自己有好处，没好处的事情是万万不会做的；而我的出发点是自己的本心，考虑最多的是我想不想去做，这件事是不是我喜欢做的，别无其他。他好像更多的是向外扩张，我则是向内收拢。我们就是这样拥有两套价值体系的人。我以为我们可以相安无事，但事实却是他总是试图改变我，改变我的想法，改变我的做法，我现在已经对他的这种行为越来越难以忍受了。

很亲近的人那里都得不到认同，我们靠什么来相互取暖呢？那样的人生是不是很凄凉？我的内心已经无法做出选择了，很想听听丁丁你会说什么。

期待你的回信。

一个没有方向的姑娘

没有方向的姑娘：

你好。

首先，我并不想评论哪一种人生方向是正确的，虽然我自己可能更像是和你一样“从心”的人。但如果客观公正地评价，我们必须得承认，过于现实、一心只想着追名逐利的人，最后可能会流于市侩、鄙俗；但是过于强调本心，凡事只考虑自己意愿的话，也很容易陷入过于任性、好高骛远的境地。因此说这两种人生方向，很难在谁对谁错上分个高下，因为它们本身并没有对错之分。这个世界上，有的人被现实教育得脱胎换骨，放下自我的狂妄而得到成长；有的人却恰恰相反，是终于找到本心，最后顺应着本心，拨开现实的迷雾，才发现通往幸福之路的。但无论如何从什么方向开始，那些真正了不起的人，都是既能够按照自己的本心，同时又在现实生活中如鱼得水的人。

人生就好像是一座山峰，人们从山峰的不同线路往山顶上攀登，那些真正到达人生顶峰的人，其实在本质上是一样的，“现实”和“从心”在他们身上并不是互为矛盾的，而是达到了和谐统一。他们既懂得顺应本心，也懂得调整自己去适应现实，就像你从山峰的哪一个侧面往上攀登，最后到达的都是同一个山顶，殊途同归。当然了，我这里所指的攀上顶峰，并不仅仅指的是世俗意义上的事业成功。

在我看来，你和你男朋友之间的问题其实并不是哪一种价值观更正确的问题，而是谁要在这段关系中掌握话语权的问题。我在以前的回信里提到过“性政治”这个概念。爱情本身固然是浪漫美好的，但男女之间相处有时并没有那么简单和纯粹。恋人或者夫妻之间，经常是一种不对等的关系，一方占有领导权，另一方作为附庸和被支配者。一旦这个模式被确定下来，很可能就会贯穿两个人的整个关系史，很难再改变，有时候处于弱势的一方觉醒并要求改变的话，最后就会导致分手或者离婚。

迄今为止，中国社会可以说还是一个父权的世界，大多数的两性关系还是以男性为主导的，这种父权社会的男女关系模式，还是大多数中国男人心中的理想家庭模式。尽管我认为你远远谈不上有女权意识，想当铁娘子，你只是很散淡，有自己的一点小想法、小心思，但这对于你想建立父权家庭的男朋友来说，还是远远不够的。比起真理，他更需要建立的是一种关系模式，他更需要的是你的崇拜，拥有对你的支配权和控制权。如果你和他价值观不同，很难认同他、崇拜他，那么他就会有意无意地不断地给你洗脑，试图改造你。

就我所知，很多价值观有差异的人，一样可以生活在一起。但这需要他们磨合之后达成一种共识，即不把自己的价值观强加给对方，逼迫对方接受，双方都能够允许差异的存在。要做到这点其实很难。婚姻是一个经济共同体，一对夫妻必将会共同面对房子、孩子、养老等现实的问题，平时生活中大家都可以各忙各的，可一旦涉及共同利益的问题，价值观不同的人就会有不同的做法，事情就会变得复杂了，不能用互不干涉原则去解决。比如你男朋友想升官发财，追逐名利，那么他未来就一定会需要你的配合，听他的指挥去做一些事情。他会要求你为这个家做“贡献”，这就会很麻烦。不是你想与世无争就可以，毕竟将来要共同还房贷、赡养老人、教育小孩，日子是两个人一起在过。

就我个人的感觉来说，如果不是夫妻双方都愿意尊重对方的价值观，把一些事情看得很通透的话，一般认识水平的夫妻，在价值观差异较大的前提下，只有在两种情况下还能够和平共处：一是经济条件很不错，不用捆绑得太紧过日子，夫妻两人可以各有自己的生活空间；二是一方完全无条件地爱着另一方，或者在经济上、观念上完全依附另一方，只要在一起，怎么样都行。除此以外，也许还有别的模式，那就是我不知道的了。

所以我认为，你和你男朋友之间的问题，并不是你和他的价值观孰对孰错的问题，而是他不能够接纳你的价值观，试图干涉你的价值观，改变你、让你按照他的价值观去生活的问题。一般来讲，许多有着实用主义价值观的男人，在他的人生处于刚刚开始奋斗、尚未成功，还没有得到社会认可的时候，他们的妻子或者女朋友，是唯一或者少数他们能找到的，比自己地位低、理所应当仰慕他们的人。但是，如果你的价值观和他根本不同，你就完全不可能仰慕他，也完全不可能给他满足感以及关系中的安全感。所以，他要先打击你，击碎你的价值观，然后才可能让你彻底地崇拜他、服从他。你可以想一下，比尔·盖茨什么时候需要强迫别人去接受他的价值观了？一个在他看重的领域内真正获得了成功和认可的男人，已经用实际行动证明了自己，根本就用不着跟女朋友较这个劲了。

我不想判断你男朋友做法的对错。很多中国男孩儿就是这样被教育长大的，这也是他们所知道的男女之间唯一的相处模式。而且，也许正因为他可能是真心真意地想和你在一起生活一辈子，所以才觉得自己有必要为将来的生活打好基础，他在努力建造他理想中的关系模式；又或者他只是希望你认可他、称赞他，不希望你太飘忽、与他距离太远，所以才不遗余力地给你洗脑。只不过有时候事与愿违，常常是用力过猛。就像我前文所说的，一个人如果悟性好，往山上攀登，最后这两种价值观压根就不矛盾，“现实”也好，“从心”也罢，到最后都是融会贯通的。

生活可以教给我们的东西很多，只要两个人的悟性都够，也许未来的某一天，他会理解你所说的“从心”，你也能体会到他现实主义的用心良苦。但是在最开始的时候，价值观的差异就只能靠互相包容来解决，别的都可以没有共识，但互相尊重这一点是一定要有共识的。所以你和你男朋友需要沟通的不是谁的价值观对的问题，而是，你作为他的女朋友，可否保留自己的价值观；他可否学习尊重与自己不同的价值观，学习另外的一种关系模式，接受你有自己的主张，控制欲不是那么强。同时，你是否能够在他咄咄逼人的训词之下，看到他在人生路上的拼搏也是那么的艰辛，非常需要你的鼓励。从正面去鼓励一下他，不要因为他的价值观和你的不同，就无论他说什么都先入为主地给他贴上市侩、庸俗的标签。如果两个人能够在这方面达成共识的话，一些年以后，也许你们会发现彼此拥有着的其实是共同的价值观。否则，以后要走下去，的确是很难的。

Letter 29

| 有时选择大于努力 |

水木丁：

您好！

我是一名公务员，2010年刚考上的。2009年的时候，因找不到工作而绝望的我主动去相了一次亲，对象是我姐的高中同学。因为那时对方的收入还不错，又有房子，渴望改变现状的我便同意了。我们认识三天就确定了关系，三周后正式订婚。可是，刚认识对方三四个月时，我便考上了我们市的公务员。对方觉得彼此身份有了悬殊，主动提出可以退婚。我父母觉得这样做有损家里的声誉，便执意不肯。当然，我也是不愿意退的。因为我对对方工作的要求不是很高，人好便可以了。谁知道，2010年金融危机，他的生意一蹶不振，整整一年几乎没有任何盈利。

我们2010年9月结婚，婚后赋闲在家的他对我疼爱有加，几乎包揽了所有的家务。2011年初，他竟然想去酒吧驻唱。我觉得到酒吧唱歌不是一个很好的职业，因为不够体面，能否挣钱倒是次要的。可他不想依附于我，坚持要到酒吧唱歌。我的心里凉凉的，觉得自己从小就那么要强，现在却找了一个不是很求上进的男人。我现在进退两难。不要他，不舍得他对我的好；要了他，又恨铁不成钢。请水木丁姐姐给些建议。

非常感谢！

茶茶

茶茶：

你好。

虽然老话说得好，宁拆十座庙，不毁一桩婚。但是读了你的来信之后，我真是打心眼儿里觉得你和你老公根本就是完完全全的两路人。从你的来信可以看出，你是一个比较实际、希望按部就班地过稳定生活的人，但是你老公却是一个比较温和随性、向往自由、热爱文艺的人。两个人的性格观念都不是一朝一夕形成的，如果是完全的背道而驰，相差十万八千里，就不太可能靠婚姻的责任和磨合从本质上改变。因此坦白地说，我认为你们的结合本身就是个错误，你们最应该做的就是赶紧纠正这个错误，趁还没有孩子各奔前程，将来一定还有机会寻找到各自的幸福。如果一定要这样捆绑在一起，最后无非是要么拖个十几年，两个人都精疲力竭或者另有所爱再离婚，要么成为一对怨偶过上一辈子。

有一次看电视上采访演员谢圆，他说人生的选择大于努力，这让我想起我最近刚刚拜访过的一对小夫妻。这对小夫妻中的女方是我当年在报社的同事，从两个人恋爱、结婚，到现在有了一双小儿女、老公的公司上市，不过是几年间的事。我去他们家小住，发现同事虽然已经是两个孩子的妈妈，却还像小女孩一样，对什么新鲜的电子产品都感兴趣，而她老公也一样。

她乐善好施，她老公也是个大方开朗的男人。两个人会时不时地把孩子分别送到爷爷家和姥爷家，出去过一下二人生活，或是带着儿女一起自驾游，用两个月的时间走遍中国南北。最近，两个人计划去欧洲自驾旅行，我问她还要带孩子去吗，同事说，不带，孩子要自己学会长大。我想这就是那种所谓和谐的夫妻关系，我身边还有几对这样的范例，夫妻间的配合度极高。据我观察，他们彼此的价值观、人生观是基本一致的，所以过起日子来非常容易，并不需要做特别的努力去沟通。因此男人更有精力去干事业，而这样的夫妻，开始的时候哪怕艰苦一点，最后日子往往都过得不错。

这就是婚姻中的“选择大于努力”。我想在后面再补充一句，不做坏的选择，要比做一个好的选择更重要。因为有时候做一个坏的选择，需要用很多年时间来弥补这个错误，而建立在坏选择上的努力，只会白白消耗你的生命和情感。那么什么是做了坏的选择呢？就像你这样，明明感情基础一般，彼此性格观念有那么大的差异，在结婚前就已经对对方生出嫌弃之心，还要硬着头皮做出结婚的决定，我认为这样的选择，就是一个坏的选择。

也许你看到前文中的故事会说，我的朋友是因为命好，才找到了一个那么好的老公。其实我朋友最初选择她先生的时候，是遭到家人极力反对的，因为她的先生当时是一个离异且生意失败的小生意人，而我的朋友是个年轻单身的富二代。然而我的朋友更看重的是两个人的兴趣爱好、脾气秉性契合，而不是那些“对方收入还不错，又有房子”之类。因此还是不顾一切地选择了与她先生结合。我也见过明明配合度很高的情侣，偏偏要嫌没房子没车，或者嫌年龄悬殊、长得不漂亮不帅、父母不同意等等，最后以分手收场，很多人都曾经和最好的选择擦肩而过，那是他们有眼无珠罢了。

至于你所数落的你老公的种种缺点，我是完全不赞成的。因为你的老公不是你的附属财产，他不是为了符合你的要求来到这个世界上的，即便你是一个男人的妻子，也没有资格、没有权利用自己的标准去评判和否定别人的整个人生，这是对他人的不尊重。

我没办法教你如何管教你老公，因为他本来就没有错，他的工作也没有什么不体面，只是你们两个实在是不合适而已。换一个和他志同道合的姑娘，两个人琴瑟和谐，也许可以过得很好。这个道理对你也是一样的，找到一个和你一样踏实勤奋的男人，可能两个人一起奋斗更好。如果你现在的老公真有什么错，那么他的错也和你一样，做了一个不应该的选择。作为男人，在这一点上，实在是不应该如此懦弱。

事已至此，是否要就此结束，还是继续努力一下，我想这又是一个选择，最终还是要你自己来决定。尽量做正确的选择，如果运气不佳，没有遇到最对的那个人，那么不做错误的选择，这本身就是最好的选择了。如何判断一个选择是不是错误的呢？就听听你自己的心吧，你的心里已经很清楚地知道有问题的选择通常一定是坏的选择，要有勇气去拒绝它。还是那句话，选择大于努力，幸福属于做出正确选择的人，但是坚持正确的选择并不容易，除了智慧，还需要勇气。

Letter 30

|他想吃一个女人|

水木丁：

简单说说我的情况吧。我结婚快十九年了，有一个上中学的女儿，在外人眼中，我拥有相对安逸的生活，稳定的工作，精明能干的老公，聪明懂事的女儿，貌似该有的我都有了，可惜婚姻“是一袭华美的袍，爬满了虱子”。

我和老公是相亲认识的，老公单位效益不好，结婚不久就开始北漂。经历了近八年的两地分居，2003年我考研来到北京一所高校，毕业后留在北京工作，相对顺利地解决了户口。不可否认的是，老公独自扛起生活的重担，帮助我相对顺利地工作就业。每每想起，我依然非常感激他对家庭的付出。但是，婚姻的真相也逐渐展现。2004年我发现老公和一个外地女孩恋爱了，满心以为幸福团圆生活的我瞬间就崩溃了。这场婚外情持续到我毕业，甚至可能更久，期间我经历的心痛、小三电话骚扰等，已没法细说。婚姻也基本到尽头了。但在我毕业时候，发现老公与小三的聊天记录时，我提出分手，老公却说要回归家庭，好好过日子。缘由我之后也大致明了，是小三等待不及，问他索要5万元分手费。经过思考，我决定，为了孩子和自己，翻过这篇，重新开始。

原谅虽易，释怀却难，之后的婚姻生活相对平静，直到2010年，老公的一个女销售同事B进入了我们的生活。发觉我的猜疑后，B先后给我做了几次解释，大意是和我老公只是关系好，让我别猜疑。之后他们转入了地下状态，我和她之间发生过短信冲突，我和老公大吵了一架，老公反而斥责我把人家惹急了，我心碎一地。后来我发现老公给她的微信，“你伤害的还不够吗？歇斯底里，神经病”，“为何还不能忘怀”，“无法释怀”等等。追问老公，他矢口否认，一口咬定我疑心太重，一切都是我瞎折腾引起！我曾经问过他，如果我也有这样一个朋友，你会怎么想。他直接回答“男的和女的不一样”。2014年，基本是沿袭如此模式，发现、争吵、和好、平静、再争吵、再平静，感情也在此中伤痕累累，彼此都相互委屈、疲惫不堪。后来我又发现，他在出差期间还和从前的小三（在外地已结婚生子）调情，邀请小三来出差地玩。我很是无语，当天因为我的言辞针对B，惹恼了他，他竟然出手打了我一巴掌。

婚姻走到现在，我承认，我自身有很大问题，他的第一次出轨，让我对他失去了信任感。他经济上、生活中对我的不透明，让我自己缺乏安全感，导致我会做出偷看他手机这种以前我不齿的行为，他一次又一次的婚外情，也让我患得患失，优雅全无，内心恶念频生。我想要亲密的关系，可是婚姻并没能让我们联系得更紧密。我琢磨不透这个男人，我对他说过，如果不爱，可以离开，我接受，但请不要欺骗我。可是，我也能感觉到，他明明也为婚姻烦恼，却依然不主动提出。也许，就是为了孩子吧。

水木丁妹妹，现在的问题是，我无数次有离开的念头，却反复摇摆，犹如一颗坏牙，好的时候忘记了，疼的时候就拼命想拔。我在婚姻中，在和他的关系中，我内心的骄傲和自尊时刻都提醒着我，该去做出决定。我不是个自信的人，我觉得我在这场婚姻中输掉了尊严、失去了自尊。我曾试着和孩子提起，女儿刚上高二，正值青春期关键年龄，她说为什么不在她小时候离，如果我做出这个决定，她会恨我一辈子。

水木丁妹妹，我承认，之前的我依然有幻想，幻想能修复关系，但现在我却深感无力无助，难道我一直等到他干不动的时候，才云淡风轻了？我希望自己能安宁地过好自己的生活，但却不知道何去何从，请睿智温暖的妹妹给我些建议。

再次表达我深深的谢意！

夜行

夜行姐姐：

你好。

收到你的信很久了，一直想回复，却不知道从何说起，你把你整个人生的困局打包寄给了我，其实我不大相信我的一封回信能立竿见影地帮你解决什么问题。我不想劝你离婚，也不想劝你继续这样混下去，因为这不是我应该代替你做的决定。所以下面要说的，仅是我作为一个旁观者，读过你的信之后的一点点感受，我们随便聊聊，你就当是个参考就好。

其实你可能没有想到，看了你的来信，我最直接的感受不是对你的婚姻、你的丈夫的评判，而是为你感到惋惜。2003 年考到北京读研究生，2006 年能够留在北京工作，以我对北京人才济济的竞争环境的了解，我能想象得出，你一定是个聪慧好学、有知识有文化的女性，而且运气还不错。这本来应该给你更多的机会和条件，让你有更好的发展，可惜在这封信中，我看到的是一个受困于婚姻、被内心的不安搅得日日不宁的女人。

你的来信让我想起和朋友有过的对话，关于一个作家是否应该找一个同行做伴侣。在我们搞创作的这一行里有一个说法，就是能量大的灵魂会吃掉能量小的灵魂，如果两个同行做情侣，有可能那个更有天分更有能力的人，会把另外那个相对弱一些的人的光芒吸掉，最后那个弱势的人会一事无成。

这样的说法当然不一定完全正确，就我所知，确实有齐头并进的艺术家夫妻，但是我还是得承认，一方压倒另一方的情况确实更多些。举个例子来说吧，美国女作家卡森·麦卡勒斯（Carson McCullers）和她老公就是这样。麦卡勒斯是一个天才，气场强大，刚结婚的时候，两个文坛新人约好了先由丈夫出去工作，麦卡勒斯专心写作一段时间，再由麦卡勒斯供养丈夫写作。没想到麦卡勒斯出手不凡，一举成名，她丈夫从此再也没有翻过身了。麦卡勒斯是个超级能折腾的人，酒鬼、双性恋、无数次劈腿，两个人离婚又复婚，最后麦卡勒斯的丈夫被她折磨得发疯，绝望地自杀了。还有罗丹（Auguste Rodin）的情人卡米尔·克劳黛（Camille Claudel），她是一个才华横溢的天才少女，十九岁就和罗丹在一起，成为罗丹的缪斯和灵感源泉，但是她在和罗丹一起的整整十年里几乎放弃了创作，全身心为罗丹奉献，最后被罗丹抛弃，再也无法恢复元气，后来在精神病院里郁郁而终。

这样的故事我随便都可以讲出七八个。一提起生活伴侣，我们常常说到的都是爱，但其实人和人之间的关系有时候可不只那么简单，还有力量的角逐和博弈，有时候甚至还可以是一种人吃人的关系。这种情况不仅发生在作家、艺术家伴侣身上，普通伴侣之间也一样。只不过女性常常从小被灌输，不自信，没自我，所以大灵魂的那个是男人的概率比较大一些罢了。

电影《一代宗师》里有一句台词，说一个人就是一盏灯，“留一口气，点一盏灯”。我深以为然。从前我不大喜欢那些活得劲儿劲儿的人，但是随着年龄的增长，我的看法改变了。我现在觉得，人活在这个世界上，无论你是富贵还是贫贱，是独身还是拖家带口，是处在人生的低谷还是巅峰，胸中有一口真气不散非常重要，而且越老越重要。你的老公不是天才，当然没有麦卡勒斯或者罗丹那样的气场，但很显然在你们的关系中，他的气场要比你强大太多。十九年来，他一直在不断地折腾，而你的人生则随着他上下起伏，你为保护你的婚姻耗尽了时间和精力，因为他一刻不得消停，永远处于让人无法把握的状态，因此你便将所有的聪明才智，所有的时间和机会成本，都全神贯注地投在这个男人身上。

姐姐你知道吗？读你们的故事，我感觉好像是在读聊斋里聂小倩的故事，你老公好像黑山老妖，你就像聂小倩，他的其他情人就像是他养的其他小鬼，他不断地吸你们的元气，通过你们对他的争夺、关注、在他身上不断投入，他越来越确定自己是被爱的，越来越自信，越来越骄傲，自我也越来越膨胀。而你们呢？你们的自尊心和骄傲，你们身上的这点精气神，早就被他吃干抹净了呀。

我之所以这么说，是从你老公给 B 的消息里看出，B 的状况也好不到哪去。你在心里暗暗比较你和她谁更好，谁更值得这个男人爱，这真可悲。作为一个旁观者，我倒觉得你们很像，都是被你丈夫吃掉了的女人。再说你怎么知道他没尝试过吃别的女人呢？也许只是没搞定罢了。B 也不会是他最后一个出轨对象，等到 B 被榨干之后，我想还会有 CDEF 吧。大师们会吸掉近身的小灵魂的光芒，是因为他们需要创作的灵感，不搞创作的普通男人总是控制不住要出轨，其实并不一定是像很多人以为的那样，仅仅是因为控制不住自己的下半身，而是因为他需要吸取很多女人的灵魂，夺走她们的骄傲和自尊，让自己感到强大，否则他们就会觉得自己贫瘠，找不到存在感。即使把这些女人都榨干，他也是无所谓的。而贪食别人灵魂这种事，一旦开始，是停不下来的。

不是所有的大灵魂都是黑山老妖，也有很多强者的灵魂像大树一样，滋养着他身边的人，可惜你的丈夫不是这样。女人都希望找个比自己强大的男人，这没有错，但是作为一个小灵魂，去陪伴一个比自己强大的灵魂，是存在风险的。所以真碰到黑山老妖，实在是斗不过，总应该知道跑吧。我之所以感觉十分惋惜，是因为看到你这样一个有知识有文化，各方面都很优秀的女性，深陷多年的感情缠斗之中，就这样被榨干、元气耗尽、魂飞魄散了，却没有意识到你人生中更重要的问题，并不是你该不该离婚，而是你还能做点什么，护住自己最后那一点儿真气（如果你还有的话）。离婚也好，不离也罢，去找情人也好，看心理医生也好，埋头干事业或者是干脆去吃斋念佛，这些都只是形式，无论如何，先解决你自己的问题，想办法找回你的自尊和自信才是最重要的事。

如果有一天，你真的恢复这口真气了，也许你就知道自己该怎么做了。我觉得一个女人，只要你有这口真气在，只要你的这盏灯亮着，你还活得劲儿劲儿的，无论你离不离婚，日子都不会过得太差的。当你的自我重新丰盈强大起来的时候，你自然就知道该怎么办了。

Letter 31

| 有时家人真可怕 |

水木丁：

你好。

我出生在湖北的一个小县城，家里有三个孩子，我姐姐是老大，结婚生子，在我们县城买了房子，生活虽然不是特别富裕，但也衣食无忧。我在武汉上的大学，大学毕业后就在这边找了一个工作，生活还算稳定。这都没什么值得说的，我要说的主要是我哥哥的事情。

我哥哥从小学习成绩就不是很好，没读完初中就回家了。玩了一段时间后，就到广州、东莞那些地方去打工。他身体比较弱，不适合那种长期加班到很晚的工作，所以一般做两个月受不了就换，两年多来，虽然工作换来换去，但没挣到钱，也没找到更好的工作，仅能养活自己。

后来有一次回家，他瘦了很多，并且吃不下去饭，到医院一查是肝炎。之后就在家治病调养，这大概有一年的时间。第二年，我姐夫开了一家店，正好需要人，他就去店里帮忙。年轻人各有各的脾气，时间长了难免出现矛盾。他在店里做了一年半就不做了。那时，电摩托的生意很好，我们家就给他买了一辆。开始时生意还可以，可是好景不长，大家纷纷做起电摩托的生意，一时间竞争就变得很激烈。我哥哥是个不善言辞的人，不会主动拉客，生意就越来越不好，所以这一年就在半玩半混中度过。过完年后他又出去打工。

这次他进了一个厂，还没做一个月就做不下去了，可是他带去的钱已经花完了。哥哥的借钱生涯从此开始，直到过年时有几个人上门来要钱我们才知道。过了年之后，他又说要出去打工，给了路费出去先花完，然后找别人借钱，花完了又回来。回来也不做事，一教训他，他又闹着出去，出去借钱玩到没钱又回来。就这样反反复复一年出去了几次。后来，我们对所有亲朋好友都嘱咐过了，他再也借不到钱，就留在家里，成天和几个没有事情做的人在外面混着玩，并且脾气越来越坏，喝醉之后就闹事，打父母。有一次，我们一大家人在一起聊天时说到这个事，我爸当着那么多人面竟然大哭。那一年，他五十三岁。

从前年开始，每次哥哥闹得厉害了，我就气着说把他撵出去，我妈总舍不得。虽然我爸每次也说很狠的话，但我知道其实他们一直都没有放弃哥哥，要不就不会重新建个两层楼供他以后结婚用。

他为什么会变成今天这样？究竟是哪里出了错？我又该怎么办？

困在水中的鱼

困在水中的鱼：

你好。

这封信的题目是蔡康永的一句话，我拿来借用一下。在我们中国，家庭亲情这些话题，总是被搞得非常苦情又伟大，但是在现实生活中，大家都难免私下里嘀咕一句这样的话，“有时家人真可怕”。这其中的千百种滋味，无数生活的琐碎烦恼和无奈，我们彼此都懂得。不过有一点可以肯定，你的家人虽然不能说是最好的家人，却也肯定不是最坏的家人。

我认真地看完了你哥哥的故事，也想给你讲讲我经历过的两件事。前一阵子我和一个朋友聊天，她跟我提起她先生和她婆婆的关系，她说自己从来没有看到过一对母子的关系会那么差，她先生总是抱怨母亲当初为自己的人生道路做了些错误的决定，以至于他今天不能成为更有出息的人。于是我问那个朋友，是不是她婆婆也特别爱抱怨。她惊讶地问，你怎么知道？是的，她婆婆也总习惯把错误推到别人身上。于是我说，这就对了，你先生不愧为你婆婆的儿子，这就是另一种“遗传”。

有时候我们总觉得自己可以成为和父母完全不一样的人，最后却发现我们很像他们，不仅仅是样貌，连生活习惯、思维方式，甚至那些你看不惯的他们身上有的缺点都像。所以我告诉这个朋友，你老公必须要学习原谅他的妈妈，这不是为了什么孝道、伟大的亲情，而是因为如果他始终耿耿于怀，那么总有一天，你们的儿子也会用同样的方式抱怨你们。你们能保证自己是完美的父母吗，未来为孩子所做的一切决定都是对的吗？

我要给你讲的另一件事，是我还在学校当老师的时候，曾经遇到这样的一个学生，她是我们班的班长，是一个非常聪明的女孩，学习从来不是很努力，但是每次考试都是班级第一名。可是很多老师非常讨厌她，因为有时她会带领全班同学跟老师对抗。我刚开始接手这个班，就有老师提醒我，这个姑娘本质不好，心眼儿很坏。

果不其然，后来她给我来了个下马威，领着班上其他同学在我课堂上捣乱起哄。下课后，我带她到办公室谈话，她带着对抗情绪站在我面前，一脸不屑。在我们僵持的几分钟里，我一直在想她到底为什么这样做。我想起班主任曾经告诉我，她的父母离异，爸爸把她扔给了爷爷奶奶抚养。于是我问她，你是想让同学们知道你很勇敢，不怕老师是吗？她愣了一下，我又说，我知道你父母不在身边，一个人生存不易，但是这样并不是办法啊。听了我的话，她突然哭了起来，这是我们第一次坐下来推心置腹地说话。后来我知道，这只是一个想得到同学们的尊重和认可但是又不知道该怎样去做的女孩。事实证明，她并不是其他老师眼中的坏孩子，可是连她自己都不知道这一点。

之所以讲第一件事，其实是想跟你说，我们总觉得亲人是我们不得不保持亲密关系的另外一个人，但其实，他们就是我们自己。有时候，我们之所以和他们水火不容，不是因为我们太不同，而是因为我们太像了。特别是处理家庭矛盾的时候，你觉得责任都在你哥哥，他也可能觉得责任都在你们。你们简单地抛弃他，直到有一天，你会发现你教出来的孩子也在埋怨你，而你甚至都不知道是什么时候教给他这些的。因为你当年，就是用抛弃和逃避去解决问题的。所谓轮回就是这么产生的。

另外一件事，我是想告诉你，有时候人并不是像我们表面看到的那样，哪怕是十几岁的孩子，也需要你用心去了解，才知道他们到底想要什么。有时候，人们并不是故意对抗、隐瞒，他们也很想沟通，但是他们可能自己也不知道自己的心意，或者不善于表达。

从你的来信来看，你的哥哥本质并不坏，他或许也想得到家人的尊重，内心有怨气，或许他也很怕你们抛弃他，但是他是一个不善言辞的男人，又没念过什么书，或者自己根本不知道自己内心真正的想法。家人想帮助他，就干脆给他买一辆摩托车，却懒得去琢磨一下他到底想要什么。你知道为什么“有时候家人真可怕”吗？因为家人就是那种会不假思索就自认为了解你、看透你的人，自以为是地批判你、评价你、对你太想当然的人。我们常常在觉得我们的家人好可怕时，却忘记了我们也在用同样可怕的方式对待他们。因为大家都觉得反正这辈子都绑在一起了，就失去了耐心去了解对方，以至于我们对待家人，常常还不及对一个朋友、同事更体谅。对待家人，我们常常任意地去判断，却忘记了去了解；常常努力地劝说他们，却忘记了倾听；常常努力地付出，却忘记了问他们到底想要什么；常常急于纠正他们走的弯路，却忘记了他们也需要我们的夸奖和鼓励。

看上去，你似乎并不怎么了解你的哥哥，这不怪你，你的哥哥可能也不了解他自己。无论如何，一个孩子能够从一张白纸成长为今天这样一个成年人，他的原生家庭起到了最根本的作用。你让你的父母抛弃你哥哥，那么他的人生就完了。我当老师的时候，也曾经看到类似的情况，有一些学生很让大人头疼，他们的父母不太懂教育，也不知道去学习教育，虽然在童年时给了孩子很多爱，但还是把孩子养糟了，然后他们就彻底放弃了自己的孩子。每每看到这种事发生，我心里就很难过。你身为姊妹，这样的感受可能少一些，但我想你五十三岁的老父亲之所以会大哭，其中的复杂情绪，不是你能体会的，他未必只是可怜自己。即使他们真的听你的劝告放弃了你哥哥，他们的晚年也必将是痛苦的可怜的，到死都不会解脱。你是这个家里最有知识、悟性最高、表达能力最好的人，你甚至知道写信向我求助，所以我想，也许你能做的事，不仅仅是放弃。

有时家人真可怕，明明他们不是自己自由选择的，虽然心中不喜欢却不能放弃。可话说回来，有时候，不也正是因为不能随便地一走了之，才逼着我们学习很多东西吗？因为不能走开，所以就一个办法不行再想另外一个办法，学会坚持坚持再坚持，学会了解我们不能放弃的人，学习用好的方法去沟通，这些都是我们在困难中摸索出来，然后传承给下一代的。所以，不要把这些付出当作单方面的牺牲，生活总是用它自己的方式拿走一些，又给我们一些。

有一天你也会为人父母，这些方式和方法，都会用得上的。我在前一段时间，找到了一个新的方法和家人相处。我的一个朋友，和她的母亲对抗了很多年，在三十岁的某一天，她突然开窍，终于知道怎么和母亲相处了。所以，我们并不知道生活的前路上到底有什么，也许是艰难险阻，但也许有柳暗花明，可是如果放弃了，那就只有遗憾了。至于你的哥哥，我觉得你可以试着重新去了解他，从零开始，像一个陌生人一样。再不行，也可以请求心理专家的帮助，但不要轻易说“我什么努力都做过了，我可以放弃了”，其实，你还没有。

Letter 32

| 那些女孩教我的事 |

亲爱的水木丁：

我从小到大交朋友的方式，总是在每个时期跟一个朋友走得很近，如果和这个朋友分开了，会再跟另一个朋友认识，但也只有一个。那些离开的朋友，便会失去联系，所以现在我的身边没有剩下什么朋友。在别人眼里，我相当独立。

几年前我毕业参加工作，遇到一个女孩子，她很善良，因为我是老员工，负责教她工作上的事情，不知不觉我们就成了很好很好的朋友，一起逛街，一起去玩，就这样过了三年，后来我知道她跟她男朋友不太和，就让她来和我一起住。

住在一起的时候，我总是以我为中心，都是她让着我，比如她想早点睡觉，而我喜欢半夜玩电脑看电视，她喜欢看韩剧，我喜欢看美剧，我就说韩剧不好看。就算是在平时聊天中，也是她让着我，我从来不顾及她的感受，常常说些自以为她能接受的话，其实那些话都狠狠地伤害了她。比如我自认为比她聪明，如果她说工作上不开心了，被领导骂了，我不会安慰她，反而会说如果是我肯定会做好怎样怎样。我一直有一个想法，那就是我们是无话不说的好朋友，我有什么缺点她都会包容，所以总是要她包容我。后来可能因为我实在是太过分了，让她觉得跟我住一起很压抑，所以她搬走了。

我以为我们会一直像刚认识的那些日子，一起大笑一起哭，直到永远，所以她搬走的时候我很不开心。她走了以后我很难过很难过，经常一想起她就流泪，我天天在想发生这一切的原因，我明白，是因为我太自私了，从来不会为别人考虑。现在我跟她在同一个公司上班，不在同一个部门，天天擦肩而过，但从不打招呼，她有时会在工作上默默地帮我，这让我更无地自容。

我知道回不到过去了，可我真的好怀念。有时候我想跟她说话，因为我知道人这辈子能遇见不容易。可是我怕给她添麻烦，而且我心眼儿很小，看见她和朋友在一起说笑我就不开心。我受不了我自己，太以自我为中心，好想改掉我自私狭隘的缺点。亲爱的水木丁，我好累好累，我现在只能等时间过去，把这段友谊存到脑海里……

小静

小静：

你好。

看完你的来信，我必须开门见山地说一句你可能不大爱听的话，如果我是你的那位朋友，恐怕也不愿意和你交朋友。当然这也不完全是你的错，每个女孩的成长过程中，都难免有一段或者几段搞砸了的友谊。只是如果你虽然反省，却不得要领的话，恐怕你一辈子都没办法交到长久的好朋友，这个后果，还是蛮严重的哦。

我不知道你有没有重读你的来信，我读过之后，发现一个非常有趣的事，就是虽然你承认你的朋友很善良，也承认自己有做错的地方，却没有提到任何一处你朋友令你真心佩服和欣赏的优点。而在我这个外人看来，你这个朋友比你宽容，比你善于与别人交往，在关键时刻，也比你更决断、更独立，她现在还肯帮助你，说明她处理问题也比你更成熟。这些都是她的优点，然而你到现在都没有看到，这真是令人遗憾。

有时候我们遇到一个喜欢的人，愿意和她交朋友，却常常忘记了我们看中对方的那些优点。开始的时候总是互相倾慕、喜爱，后来变成互相较劲、攀比，最后变成互相伤害。对方的那些好处明明还在，我们却常常视而不见。孔子曰，无友不如己者。意思是说，他不愿意和不如自己的人交朋友，因为这对自己没好处。这个好处当然指的是帮助自己进步，毕竟人往高处走嘛，如果你把它理解为一种势利也可以。但无论如何，我觉得这句话本身是没错的。我自己就经常为交到比自己强大的朋友而高兴。在我身边的女朋友中，有的比我漂亮会打扮，有的比我会生活，有的比我有学问，有的比我有毅力，她们每个人都有比我好的优点，我也经常从她们身上学到很多，得到她们好的意见。我常常觉得我非常爱她们，能做她们的朋友，是我的骄傲和荣幸。有些姑娘自视甚高，处处要显得比朋友高一头，可是她们却没有想过，如果自己的朋友真的是如自己所愿，处处都不如自己，那你自己能好到哪儿去呢？你交这样的朋友，能有多大出息呢？你身边全是不如你的人，你的世界，你的眼界，能有多大啊？

发现和认可朋友的优点，是因为自己可以学到更多东西；真心为朋友取得的成绩高兴，是因为交有能力的朋友，才能今后大家手牵手，互相帮助，一起打拼一起走。看到朋友生活幸福而不嫉妒，是因为人各有各的命运，别人的好运并非是抢占了你的资源，而且幸福快乐的朋友才能带给你快乐。如果真的能交到这样的朋友，好好爱护她们，珍惜她们还来不及，怎么忍心伤害她们呢？能教给自己这么多东西，给予自己这么多帮助，感谢还来不及，怎么还挑理呢？伤人的话，怎么说得出口呢？所以我不同意把什么都归结为性格原因，这有时候已经成了一种借口。其实人之所以狭隘，就是很多简单的常识怎么也想不通罢了。

至于你所说的占有欲强，我想这不是问题的关键，归根结底，还是因为你不善于交朋友，没有几个朋友。具体到这个朋友，我的建议是，既然你已经开始反省，那就不妨把你对我说的话，告诉你的朋友吧。真诚地为曾经伤害过她道歉，即使对方不接受，不能重新接受你做朋友。反省不能光靠想，要有行动，这才是成长的开始，也是这段友谊最终教给你的事。

Letter 33

|闺蜜是用来抛弃的|

亲爱的水木丁：

你好！

我从来没有想过给你写信，我原以为我会和你一样强大，没想到，几天前突发的状况把我打回了原形。简单来说，就是我被一个有六年感情的闺蜜耍了。因为她被公司遣返回国，现在的我丢了工作，没有钱，还欠了一笔债。我在北京没有地方去，在我一个同学家暂住。我给自己最后一次留在北京的机会，前几天刚面试了一家公司，如果他们要我，我就留下；如果不要，我就收拾东西，回家去了。

为什么这个女子会这样对我？我的同学给我分析了很多原因，结语是我交友不慎，防备不高，太过天真，不认社会法则，自作自受。我说我想回家去过简单的生活，当个老师什么的，她认为我还是没有解开心里的那个结，交朋友的方式和看社会的方式如果不加反省，会导致我下一次在同样的问题上挨刀。

我很努力地自己照顾自己，我只是想简单地生活，简单地对周围的人，我不想陷入纷争中去。也许就像我同学说的一样，你想要简单的生活，可是根本没有简单的生活，你不认清你的环境和周围的人事关系，你只有被耍的份儿。

这难道真的是生存法则吗？我就想用我的本来面目活着，我不想管别人的队伍是怎么站的，我只想过我自己的日子，我怎么了我？我招惹谁了？我毕业两年了，这算是第一课吗？

血影狂刀

狂刀妹妹：

你好。

这个世界上很多人是不相信女人和女人之间有真正的友谊的，你的这封信倒成了他们这种看法的一个佐证。前一段时间，我在一个活动现场，也有读者问我同样的问题，我想正好借给你回信的这个机会，好好聊聊我对女人之间友谊的一点看法。

其实我个人是不大用“闺蜜”这个词儿的，总觉得这个词儿的格局有点儿小，是小女生的甜腻腻的交友方式。但我也不得不承认，这仍然是现在大多数女孩子之间的交往方式，一起逛街吃饭、倾诉心事、分享秘密、发泄情绪，然后就变成了同吃同住的连体婴，这样的友情，几乎每个女孩都经历过。不过从小看到大，这样如胶似漆的关系在姑娘们走入社会或者各自嫁人生子之后，大多淡了、散了，甚至以反目成仇告终。所以看了你和闺蜜六年的感情和信任毁于一旦的故事，我并不觉得惊讶。因为在我看来，闺蜜本来就是用来抛弃的。

让我举个例子来说得更清楚详细一点吧。一般女孩需要缓解压力的时候，最喜欢采用的解压方式是向人倾诉。所以闺蜜的一大功能就是互相当垃圾桶，这样做当然可以让彼此更加亲密。只是有时候人的感情也是很微妙的，比如一个女孩的事儿总比她朋友的事儿多，她每天倒十条垃圾，而对方只有两条，时间久了，每天被倒更多垃圾的一方就会心里感到不平衡和不堪重负。闺蜜之间作为一种感情交换，互为垃圾桶，被对方倒了很多的情感垃圾后，这些接收到的负面情绪就必须有所缓解和释放，所以，她们只好再把这些垃圾转倒给别人，于是有时候就会发生两个看上去很要好的女孩，却对第三个人说另一个人的坏话这种事。

再换个角度来说，互相交换秘密的等级常常是闺蜜到底有多亲密的一个重要标志，但是秘密这个东西，有时候是一把双刃剑，它可以拉近人与人之间的距离，但知道得太多，也会有被灭口的危险。因为人有时候会莫名其妙地讨厌那个知道自己太多秘密的人，虽然那些秘密都是当初自己说的，没有人逼迫自己，但是当一个姑娘需要忘掉过去，重新开始的时候，一个旧的垃圾桶的存在就只是碍眼，时时刻刻提醒自己不愉快的经历，而新的垃圾桶又哪里找不到呢？所以，有时候闺蜜之间翻脸，会更狠、更绝、更无情。

我这样说，并不是说女人和女人之间不能够分享秘密、一起逛街、聊聊男人什么的。而是说，这个纽带很脆弱，它即使一时很紧密，也可能不足够支撑一辈子这么久。等到大家都长大踏入社会了，如果你们之间还是只有这些的话，那么很多变数自然而然地就会使这种关系画上句号。所以，我觉得真正能长久的是朋友而不是闺蜜。朋友的概念和闺蜜是不同的，朋友之间也会适度地分享秘密，但那只是相互交往的一部分，除此之外，朋友还可以一起做更多的事，比如对文学艺术的追求，分享对这个世界的看法，在事业上互相提携，生活上互相关照，一起为这个世界做点什么。

首先自己要做一个有营养、对他人有用的人，然后去交有营养的朋友，在这样的关系里，彼此都可以从对方身上不断学习到新的东西，才有可能走得更长久。它是一种肩并着肩向世界观看、手牵着手一起向未来走的关系，是一种盟友和队友的关系，比很多短视的利益更重要，所以它可以抵抗很多外力的破坏。而两个或者几个姑娘扯起手来，终日把自己圈进一个封闭的小天地，每天只盯着自己和周围那几个人、那点事儿，这个小天地可以是一时的乌托邦，但一旦踏入社会，受到利益的冲击，就很容易土崩瓦解。所以说，闺蜜就是用来抛弃的，一时可以，一世不行。

六年过从甚密的交往，积累了感情是不假，但也一定积累了很多矛盾。感情是微妙的、立体的，感情里也包含着不满和怨气，可能只是从前一句批评的话，一件自私的小事，就点点滴滴成了积怨，如果朋友之间互相给予的正面的、积极的作用不大，这份友情的营养不够，那么时间长了，这些积怨自然会爆发，这份友情也很容易被现实打败。那些最后能够不离不弃的姐妹，是因为她们顺利地从闺蜜升级成了朋友，彼此能跟上对方的脚步，有了互相扶持着一起向前走的共识和认知，才能共同走向未来。当然了，这样的友情来之不易，不仅仅是女人之间，男人之间也一样。

连鲁迅先生都说“人生得一知己足矣”，所以既然事已至此，也只能接受。就算真的是友情到头了，大家做不成朋友了，那就看在曾经共同走过的青春岁月的份儿上，记住美好，尽量忘记怨恨，挥挥手说再见，各自走自己的人生路。人和人之间也要讲缘分的，旧朋友去了，也许还会来新朋友。人生就像是公共汽车，每个人在我们的生命中上上下下，陪伴我们的只是一段路程，爱情、亲情尚且未必能长长久久一辈子，对友情又何必强求这么多呢！很多友情常常是过了那个坎，后面就能相安无事地陪伴一辈子。不需要太多激情维持着，大家彼此习惯了就可以，友情不像亲情那样责任过重，也比爱情相对容易一些。所以，从这一点来说，友情绝对是个好东西。

最后想跟你说，不要因此而不相信友情，也不要因此而不相信自己对人的判断力。当初的感情是真挚的，只是现在变了而已，这都是很正常的人性。对爱情，对友情，可以看重，但不能过分依赖，一切随缘就好。不过，人不经历过这一遭，谁也不会明白。所以，这是不是她的错其实已经无所谓，但绝对也不是你的错。这只是生活安排给你的必修课。

229-288 Chapter 3

要活得比自己的命还踱

如果说这世界上真有战胜命运这等事儿，在我看来，那就是一个人活得比自己的命还踱，了解它，拥抱它，然后满不在乎地放下它。

Letter 34

| 标准化人生的标准化幸福 |

水木丁老师：

您好。

看您的博客有段时间了。其实这个问题一直困扰着我，只是这次突然想要找人说说，因为我自己实在想不明白。

刚刚，相亲的第二十二个男人跟我说："我们还是做朋友吧。当初是想好好处一下的，可是现在发现我还是喜欢一个人的感觉。"我觉得有点可笑。这话傻子都明白，就是没看上我，干吗说得那么冠冕堂皇，还白白浪费我两周的时间，吃饭、看电影、聊QQ。当我觉得前方有一丝幸福的光亮的时候，它却又消失了。

我不是难过，只是失望。在过去的二十五年里，我一次真正的恋爱都没谈过，想想其实有点可笑——一个正常的女孩子，学业成功，工作算稳定，长得起码对得起观众，身材也高挑，周围朋友不少，大家都很喜欢我，可是偏偏这么多年，没有一个能好好恋爱的人。自己也曾想过，其实只是缘分没到而已，或者幸福不单单是人生中的爱情，还有亲情、友情等等，可是好像得不到的永远都最珍贵，偏偏我最期盼的就是那种小小的爱情。可是自己现在害怕了，前面的路不知道该怎么走了。即使是相亲，即使是只见了一面的人，也还是会有情感的付出，这样一次次地失望，还有多远才能看见幸福呢？

明微

明微：

你好。

你如果问我幸福与否，我的回答是：还好，虽然生活中有很多的缺憾，但是还好。因为我知道人生本来就有很多遗憾和无奈，这不是人生的附属品，这就是人生本身，所以我就会觉得这样的人生也还算不错。比如昨天晚上，我给自己买了半斤虾，回来煮了，喝着小酒、看着美剧把它们消灭了；比如我刚才回信这工夫，北京正在下瓢泼大雨，我就在屋子里蹿来蹿去，趴在阳台上看下雨，兴奋得鬼叫鬼叫的。我觉得这样的人生很美好，也很幸福。

当然，要说这幸福有多么巨大，倒也没有，我本来就不相信幸福是一种很巨大的东西。相反，孤独和痛苦倒经常是巨大的，可以压得人透不过气来，长久地包围着我们，笼罩着我们。相比之下，幸福的感觉却总是以星星点点的形式存在，任何快乐、高兴，都是稍纵即逝，感觉过后都是空虚的，就算是身在幸福之中，习惯了也会变得麻木，无法感知幸福。所以孤独痛苦才是人生的底色，幸福只是点缀在上面的小星星。人和人的区别在于，有的人星星多，有的人星星少；有的人学会了在孤独中解脱，借着幸福的微光取暖，有的人则被孤独吞没。

在这个处处讲究标准的社会里，人们总是一厢情愿地以为，可以用标准来衡量幸福：你有车有房，得一颗星；家财万贯，得一颗星；工作顺利，得一颗星；有个不错的老公，得一颗星……可是你有没有发现，所有的这些星，都是来自他人、外物，没有一颗星是来自你的内心深处，没有一颗星是真正属于你自己的。得到它们都很不容易，失去却都很容易。于是，我们拥有了这样的“幸福”之后，甚至比拥有之前更焦虑了，开始患得患失。

同理也可以延伸到中国人的爱情观上。你虽然在来信中没有罗列出对未来男朋友要求的条件，但是你有罗列自己的条件，于是我大概也知道，这是一个什么样的模式。我想起有个朋友在博客上写过的一件事，说她有个朋友逼问她：“你到底要找个什么条件的？”她想了半天说：“我想找个能让我笑的。”然后那朋友恍然大悟地说：“哦，原来你喜欢郭德纲。”我朋友的答案看上去很莫名其妙，却最贴近爱情和幸福的本质。就像你相了二十二次亲，介绍人肯定会说他的工作是什么啊，是什么职称啊，并且也向他介绍你的家境如何啊，身高相貌如何。但是如果你和介绍人说“我要找个好玩的人，找个懂得爱的人，善良的人”，介绍人可能会觉得你不切实际，把你教育一通。可是，人品性格，这些难道不才是我们得以爱上一个人的本质吗？反过来说，不也才是我们能够被人爱的本质吗？

人们常常觉得这些都是虚的，有趣啊、能逗你开心啊、有爱的能力啊……这些都不能当饭吃。可是我不这么认为，一个人的品性、气质、爱好、生活态度和三观，这些都不是精神层面上的虚妄之谈，它们是除了物质以外，生活中很现实的一面。在两个人相濡以沫的漫长岁月里，当大家变成老夫老妻的时候，不就是靠你哄我开心、我哄你开心一起走下去的嘛；未来生活中会遇到很多困难，不就是要有健康、乐观的心态才能一起扛过去嘛；要知道，人在慢慢长大之后，没有了救赎情结之后，谁都希望能和一个乐观幸福的人在一起。谁都知道和创造幸福的人在一起才有幸福可言，才可能是笑口常开的。

两个人都很无趣，都等着别人逗自己开心，最后只能是两个人都活得无聊。我曾经看到有的男人以标准方式来择偶，二选一地选择了那个所谓“适合”自己的、条件好的女孩，结婚之后又觉得人生无聊，四处搞婚外情；也曾经听过女人愤愤不平地说，“我条件这么好，他凭什么不爱我”。可是，就算你有车有房、你前途无量，这些标准都和爱情无关啊，你能让人家和你待在一起感到幸福吗？你会让他笑吗？你想寻找被爱的感觉，那你自己有爱的能力吗？

我们时常质问生活为什么不给我们幸福，却常常忘记问问我们自己，你有给别人幸福的能力吗？最重要的是，你能给自己幸福吗？你有好好享受你的生活，而不是像无头苍蝇一样东奔西跑、向生活要这要那吗？你能不依靠别人，自己有感知幸福的能力吗？一个人要是连自己都没本事哄开心了，你还能指望他把谁哄开心了呢？

你问我幸福到底有多远，如果你指的是这样的标准化人生的标准化“幸福”的话，这个问题没人能回答你。人生无常，没有人是预言家。不过，我记得赖声川老师曾经说过一句话：“人年轻的时候，总是向外看，向外去寻找。但当年纪渐渐大了，就要开始学习向内心看、向内心去寻找了。”

我想，如果你能开始学习放下这些外在的、标准化的东西，懂得跟从本心，寻找内心的自己，也许有一天，你终究会明白：原来幸福并不遥远，它就在你的心里。也许那个时候，爱情就会不请自来。

Letter 35

| 爱自由，性自由，婚姻不自由 |

亲爱的水木丁：

前些日子和朋友聊天的时候，她突然问我如果结婚以后遇见了自己非常喜欢的人，只是相见恨晚，该怎么办？她之前有过一个一见钟情的对象，只是由于种种原因没有在一起，但一直心中念念不忘，觉得颇有遗憾，而现男友并不是她第一眼看到就喜欢的人，是追求了她许久才答应的。对这个问题，我当时无法作答。我拿这个问题问过另一个朋友，他说，没有更好的，现在的对象就是最好的，所以才有句话说，在正确的时间遇上正确的人。

在我听起来，这句话是有些凄凉和无奈的吧，我也一直想知道这句话的正确性。就个体而言，人生苦短，后面大有几十年可以过，自私一点找个爱的人过一辈子是件美好的事。大部分的人都在二三十岁的年纪结婚，但这段时间，也许最适合的人并没有碰见，那岂不是很可惜吗？

昨天在酒馆，那个当初斩钉截铁回答问题的朋友却问大家，如果有男女朋友的话，又碰见一个更好、自己也很喜欢的人该怎么办？我猜他也开始怀疑当初自己的答案了。当时，我们大多数人还是无法给出答案，也没有这些经历。有一个朋友说自己虽然很喜欢一个女生，是他非常喜欢的类型，却不是很熟，他感觉追求有风险，所以才不行动，而自己的女友就是待惯了感觉相处很自然。在这个问题上，你能就恋爱阶段和婚姻阶段，又遇见相见恨晚的人，发表一下你的看法吗？

爱你的 YY

YY：

你好。

记得几年前看美剧《欲望都市》的时候，有几集让我印象非常深刻，讲的是凯利和当时已婚的 Mr. Big 又走在了一起，凯利和她的女友们谈起此事，女友们非常一致且态度明确地表示不赞成她的做法，她自己也深怀愧疚。很多年之后，凯利在一个饭馆偶然遇到了 Mr. Big 当年的妻子，他们在凯利那次事件之后就已离婚，而凯利自己也并没有跟那位先生走到一起，但是她还是鼓足勇气，走上去向那位前妻道歉。当然了，那个姑娘并没有因此就原谅她，这也是情理之中的事。不过令我吃惊的是，《欲望都市》的故事发生在全世界性观念最开放的纽约曼哈顿，故事里的四个女人又是这个城市性观念最开放的一群人，别说凯利自己在这六年的剧集里一夜情、换男朋友无法历数，她的好朋友们也是个个当仁不让，但她们对婚内出轨这件事却一致地表示不赞成。事实上，在这整整六年里，故事中四位女主角的生活，不管是多么的自由奔放，作为第三者破坏了别人家庭的故事，却只有凯利这一次，而且她最后还是真心实意地愧疚认错。

这很有趣不是吗？在我们这里，第三者可以堂而皇之地高叫爱自由、性自由甚至建“小三网站”来抢夺别人老公，出轨的男人常常毫无愧疚和悔意，围观群众七嘴八舌、众说纷纭。但是在我们认为性观念更开放的美国，公众对婚姻这件事的态度和价值观却是非常一致，也是毋庸置疑的，那就是，你有爱和性的自由，但是婚内出轨绝对是错误的，是伤害他人的，有过错的一方，特别是公众人物、政府要职人员，更是必须要道歉，不仅要向配偶道歉，还要向公众道歉。

我想这正好可以解释你心里的困惑，婚姻到底是什么？在我看来，婚姻是一种在感情基础上签订的契约，有爱，有性，但它最本质的属性还是契约。

爱自由，性自由，但是婚姻不自由。我想之所以连凯利这样洒脱的女人都要为自己曾经插足过他人的家庭而道歉，究其根本，是因为在一个相对成熟的契约社会，虽然爱和性的确是属于个人自由的，但是婚姻却是契约精神的体现，爱和性的纠葛往往是发生在两个人或是几个人之间小范围的事，契约精神却是整个社会最重要的价值观。在一个契约社会里，人们处处需要它的保护，商人做生意，银行贷款，雇员和雇主之间的劳动关系，老百姓和政府之间，小到日常琐事，大到国家大事，谁也受不了跟个不靠谱的人或者集体工作、合作、生活，成天以“这个是我的自由”“那个是我的自由”自行其是。

婚姻契约亦是这个契约社会整体的一部分，在这件事上，对错没有半点含糊。所以说，你和谁相爱、和谁做爱是你的自由，但是社会契约精神永远高于个人的情感。人当然都有感情，有本能，人性上有善变的一面。契约社会对你进行的道德审判可能很少，但是在另一方面，法律上离婚的成本却是非常高的。这个逻辑也很简单，你撕毁了合同，你道歉，你受罚，你赔偿，这也是契约精神非常重要的部分。不是不给你自由，而是自由有代价。在这点上，有些人的价值观混乱得一塌糊涂，一句“真爱无罪”就成了理直气壮的借口，转移财产、拒不执行赔偿……实际上，这种臭无赖品质不仅仅体现在婚姻问题上，而且在社会的方方面面都有体现。

在签订婚姻契约之前，我最尊重的是爱的自由和性的自由，在签订婚姻契约之后，我认为对婚姻契约的尊重应该大于对爱自由和性自由的追求，因为这是整个社会契约精神的一部分，它很重要，关系到更多人的更多利益。如果个人的自由和合同的约束发生冲突和矛盾，在契约社会里相对也很简单，该道歉道歉，该赔偿赔偿，一切按契约办事就是了。如果你觉得你更看重爱和性的自由，那你就别结婚，没能力遵守合同的人，一定要去签合同，害人害己是早晚的事。

我曾经看过一篇文章，叫作《婚姻是过命的交情》，我觉得也许把它改为《好的婚姻是过命的交情》更加合适。什么叫作“过命的交情”，就是地震了你被埋在地下，我用手也要把你挖出来；洪水来了，我不会一个人跑掉，死也会拉着你一起跑。

就算咱们不说得这么轰轰烈烈吧，换点平常的事来说，过命的交情就是你失业落魄的时候我养你，我颓废无助的时候你鼓励我，你生病时我照顾你，我流泪时你安慰我，不离不弃，心中始终相信对方不会丢下自己，紧要关头，你敢把命交在对方手里，这就是真正过命的交情。

有爱的人未必能有交情，很多爱过去了就过去了，不是每个爱过的人都一定能结婚。但是有交情的两个人却一定会有爱，交情是比男欢女爱更长久深厚的相濡以沫和相依为命。我不喜欢把婚姻比作亲情，因为即便先天有血缘关系的亲人也有冷热亲疏之分，而交情是两个独立的人彼此互相的选择。所以，你的朋友说到习惯，不要轻视“习惯”这两个字，它并不比爱情来得更容易，那也是一种日积月累堆积出来的交情。好多情侣最后不能在一起，不是因为爱情，而是因为没有交情。

从感情上讲，婚姻是交情；从道理上论，婚姻是契约精神。这是婚姻的双保险。两样都占的婚姻还未必走得长远，两样都不占的婚姻几乎注定是悲剧。不以结婚为目的的话，谈一次或浓或淡的恋爱很容易，但一份过命的交情和为这份交情所做出的承诺却不容易，有的夫妻越过日子交情越深厚，有的夫妻过着过着就把交情过没了。你问我婚姻阶段碰到诱惑怎么办？我想这取决于每个人自己心里的那杆秤。这种事只能靠自己掂量清楚哪头轻、哪头沉，这个世界上的任何人，都不能代替别人给出答案。

Letter 36

| 如果我们终将老无所依 |

水木丁：

你好。

我是一名大一学生。因为从小生长在所谓的知识分子家庭里，也就沾染上了不爱社交、不通世故的毛病，并且仍未打算做出改变。我父母从小就告诫我，女孩一定要独立、有主见，不要过早谈恋爱，不要成为男人的附庸。再加上我身边有很多女生为所谓的爱情纠结着、拧巴着、折腾着，寻死觅活的，所以，虽然我并不是所谓的女权主义者，也不以女强人为奋斗目标，却一直努力建造自己的个人世界，告诉自己要保持人格独立、头脑清醒，并且渐渐不愿意与异性有超出友谊的接触。我知道，我应该就是颇遭诟病的自我意识太强烈的那类人，所以，我老早就做好了当“剩女”的准备。

我一直觉得，只要精神世界足够强大，拥有能填满自己生活的爱好和一群气场相合的朋友，终生独身，也不是不能接受的事。

可是，我跟我妈表达这个想法时，她很现实地问：“那你老了之后怎么办？”所以，我就开始纠结这个问题：年老之后，朋友们早已各自为家、四散天涯，我生病了谁可以来照顾我？还有，那些立足于精神世界的文学艺术哲学，是否能一直填满现实生活的刻骨孤独？

选择单身的生活方式，会不会老无所依？

仓央嘉措的粉

仓央嘉措的粉：

你好！

前几年国内有个很有名的婚恋网站，专门为大龄女青年举办过一个找老公培训班。培训的内容主要是教大家如何用行之有效的营销手段，把自己尽快嫁出去。为了给姑娘们洗脑，培训班讲师会带领她们参观老人院，然后指着老人院里“目光呆滞，神情孤独”的老人对姑娘们说：“看，你们现在不结婚，这就是你们的下场。”你妈妈跟你说的话，其实和培训班讲师说的是一个意思，是真的拿这帮姑娘们没辙了，所以必须吓唬吓唬。当然了，婚恋网站的目的是赚姑娘们的钱，你妈妈是真的替你着急，两者的出发点有本质的区别。其实不仅仅是你妈妈在焦虑，你自己的内心也是焦虑的。所以在今天的回信里，我们就不讨论如何应对催婚的父母了，只说说老无所依这件事吧。

你问我选择单身会不会老无所依，我的回答是，如果养老基本靠个人的话，那当然是非常有可能的啦。但是，我也想反问你一个问题：你觉得结婚生子了，就一定老有所依吗？其实也未必吧。老人院里目光呆滞、神情孤独的老人，很容易被人拿来当作年轻时不结婚生子，最终老无所依的典型来用。可这本来就是扯淡的结论啊。谁说老人院里的老人，就是从来没有结过婚，从来没有生儿育女呢？如果哪位有心人去问问他们的身世，我相信每个老人都会给你讲一个不同的故事。他们可能结过婚，而且不止结一次婚，可能有儿有女，甚至有孙子孙女，只不过因为种种原因没有生活在一起。要知道，这个世界上有人离婚，有人丧偶，有人的子女远走他乡，有人把孩子辛辛苦苦养大而孩子反过来啃老……人生的路是复杂多样的，你怎么能看到一个老人的表象，就随意猜测他的一生，并把这当作说辞吓唬别人呢？

就算是这些状况都没有，我们现在各种福利保障尚不完善，一个人工作了一辈子，养老还要靠自己解决的情况，比比皆是，这个问题不会短期内被解决。所以，当你的孩子成家立业之时，他将要面对的是四位老人和自己的子女，谁要依赖谁，还未可知呢。所以老无所依并不是一个人的命运，而是整个社会需要共同面对的问题。

我想，未出生的孩子若有知，发现自己还没出生，外面就有这么多大人，正拿着一堆责任啊、依靠啊在这个世界等着他，等着把他养大了，就要他回过头来报这养育之恩，也会被这些大人们吓死吧。人生已是艰难，再加上这些枷锁，如果他有得选择，大概会拒绝来到这个世界上吧。

我并不是反对结婚生子，也不是号召大家去奉行单身主义，我只是真的很希望，一个人如果真的下了决心结婚生子的话，那应该是因为爱自己的伴侣，爱自己的孩子，把生儿育女看作是生命的延续、爱的传承，而不仅仅是为了给自己的未来上一个保险。否则的话，这对孩子来说，实在是太不公平了。

你看这世上的父母子女，有很多最后成为冤家，相互之间只有憎恨和冷漠。所以我一直认为，有孩子并不是有福气，有个好孩子才是有福气。这福气是哪里来的？种什么瓜，结什么果，好孩子都是好父母教育出来的。你要想年老后有个好孩子可以依靠，那年轻的时候必定要实实在在地多付出，这是多少钱也买不到的。也正因为这一点，如果有一天，当我们老了，身边却没有子孙绕膝的话，也大可不必去羡慕别人，自怨自艾。别人的幸福，是他们用辛辛苦苦的付出换来的，那是人家应该得到的。当我们四处游玩、纵酒欢歌的时候，为人父母要给孩子换尿布；我们安静读书，一心只想努力写作的时候，为人父母要陪着孩子做功课；我们喜欢什么就给自己买什么的时候，为人父母要降低自己的生活水准，给孩子攒奶粉钱，交学费。所以，别人付出的时候，你已经享受过了。如果有一天看到别人拥有我们没有的生活，也要记得，生活都是自己选择的。

如果单身，就请尽情地去享受自由，做自己想做的人吧，给自己一个完整的自我；如果有家庭，就请好好地爱家人。无论是什么样的生活，都不是一无所得的生活。最怕的是，单身时每天抱怨太孤独，成家了又每天抱怨不自由。这种拧巴的人生，才是一辈子都白活了呢。

Letter 37

| 那些杜拉拉不能教你的事 |

亲爱的水姐姐：

你好！

从小我就是父母的乖乖女，老师眼中的好学生。大学毕业后，我在一家公司工作，公司人不多，业务也不忙，老总人很好，很能干，很能赚钱，所以我们大多数时候都很清闲。这的确是一份舒适的工作，虽然工资不高，但也够用，还有很好的福利，更有诱人的大把大把的时间可以做自己想做的事儿，惰性上来的时候，真觉得自己幸福得不行。

几个月前，公司在外地成立了新的分公司，我和一个同事被老总调来帮忙。新公司起步的时候，都是一些很杂的事情要处理。以前在北京，老总出去应酬就经常带我和另一个同事去，并且对他的朋友说这是他招的最满意的两个员工。来到外地，这种酒桌上的应酬更加频繁了，我喝多的频率也比以前多出了好几倍。记得有一次喝多，酒桌上最后就剩下我和老总，我们说了很多奇奇怪怪的话，第二天回忆起来，总有一句在我脑中萦绕，“我们的关系很特殊……”他为什么会这么说？老总单身，心态很年轻。但那天之后，老总并没有什么特别的表现，还和以前一样，但我却觉得我们的关系蒙上了一层暧昧的色彩。

几天前，这边的业务处理完，老总回到了北京。老总走后第二天，我们合作方公司的一个副总执意要请我和同事吃饭，推托不了，我们就去了。那个副总一瓶接着一瓶要酒，说知道我能喝几杯，开始觉得没什么，后来就喝吐了。

回去的路上，同事突然说有事要去办公室，把宿舍钥匙给了那个副总，他送我回屋。当时的我神志已经模糊了，而且因为吐得很厉害，身上一点劲儿都没有，回到屋里，他就扶我上床，帮我脱衣服，说着很多不堪入耳的话，之后就发生了我怎么也想不到的事儿。同事回来了一次，在客厅待了一会儿，又把门锁上出去了。哭着哭着，我有点清醒了，推开他，他穿好衣服走了，我还是动不了，只是一直哭。我觉得这完全是一个噩梦，只希望这不是事实。

人面兽心的恶魔，冷漠的同事，我的内心都绝望了。

直到现在，我还是不能接受这些发生在我身上的事情，我也不明白为什么会发生这些，我更不知道该如何处理这些。这次，我不仅伤了身体，也伤了心。我是不是要变坏了呢？我是不是也该像他们一样，忘了这些，装作若无其事，变得麻木？我到底该怎么办呢？帮帮我吧……

无望的生活

无望的生活妹妹：

你好。

我参加工作好多年了，看到你的来信觉得很痛心，我可以负责任地告诉你，这种事不是你一个人遭遇的问题，而是在职场中司空见惯的事。刚毕业或者涉世未深的女生，只要是长得头脸齐整点的，在参加工作以后，就免不了被叫去陪酒、吃饭、K 歌，有个外事活动端茶送水什么的。其间被客户领导搂搂抱抱、摸摸小手、灌点酒还算是好的，再恶劣点儿的，恐怕就是你这样的遭遇了。这些事在职场屡见不鲜，那些老板、领导们就是明摆着欺负年轻的女孩们，她们青春美好，干净纯洁，又涉世未深，于是他们拿这些年轻姑娘当礼物，去巴结客户、巴结领导，然后他们自己升官的升官，发财的发财。可怜的是好多姑娘还不明就里，以为这就是奋斗，是工作和敬业。她们中许多人刚刚参加工作，一是工作来之不易，二是实在搞不清楚办公室的老男人们开玩笑和性骚扰之间的界限在哪里，再或者，是被男性领导高高在上的样子给搞蒙了，还以为这就是正常的工作，觉得领导对我不知道有多器重。最后自己被出卖了，还在帮人家数钱呢。

老板永远是老板，老板的心里，永远是希望用最少的钱，换取员工最多的价值。这是老板衡量一个最满意的员工的唯一标准。所以在职场上，一个员工的价值并不是只看她是否能力强，工作态度积极。有时候也会去看这个人家里有什么样的背景，或者这个女孩子是不是年轻貌美之类。所以，当一个私企老板给你的待遇，好到连你自己都觉得有些受宠若惊的时候，那就真需要多留意了，一定是有人觊觎你的付出远远超出他们付给你的工资。一个新人，没有什么特殊的背景可以给公司带来更大的利益，是没有哪个老板会把她直接升为部门经理，并给出那么好的薪资条件还让她舒舒服服地闲着的。职场里没有白吃的午餐，一般来说，要么是他自己想追你，要么是他想利用你。

商人的第一行动准则是赚钱。从你的信里可以看出，你的老板带着你们出去陪酒也不是一次两次了，这就是利用你们。你的老板可能心里的算盘早就打好了，只不过他不可能明明白白地告诉你而已。他和你发暧昧短信，对于这个年龄的男人来说，只是用男男女女搞暧昧的手段笼络住下属的感情。你好好想想，他要是真的哪怕有那么一点点真诚地喜欢你的话，怎么会让你去陪客户喝酒呢？他怎么不让他自己的老婆去陪酒，怎么不让他自家的妹子去让人搂、让人摸呢？听了你的叙述，我不得不多问你一句，你确定这整件事不是你老板和你同事预谋好的吗？你的同事没有出面保护你，早不早、晚不晚在那个时候回办公室，还把钥匙交给对方，这是为什么？

职场并不是一个仅仅靠看几本励志书就能获得成功的地方，对于一个年轻的女孩子来说，这里危机四伏。大学里从不会为即将踏上社会的女孩在职场如何保护自己而专门开一堂课，所以很多经验都是我们每个人自己摸索出来的。正因为长期以来，大家都对这些闭口不谈，这样的事才屡屡发生。其实每个人都有保护自己的意识，谁也不是傻瓜，但问题是，那些心怀叵测的人会利用年轻人的进取心、善良和轻信，狡猾地混淆工作和私人之间的界限。一个做外联的姑娘陪客户要陪到什么程度，喝酒要醉到什么程度，才算是敬业，算是有能力？这往往是一个很模糊的界限。一个客户的动作是属于正常沟通、酒醉失态，还是揣着明白装糊涂地已经越界？刚刚出来工作的年轻人往往分不清楚这些，怕别人说自己没能力或者不敬业，就会咬牙死撑。依我看，这个问题也很简单，那就是，如果有人在挑战你的底线的话，就听从自己的心声，坚守自己的底线，受不了就要态度坚决地拒绝。如果领导因此而责怪，并且说这种工作都是这样的，千万别信他的鬼话，你没有做错什么，顶多只能说明你的个性根本不适合这种工作。这个世界上没有常在河边走还能不湿鞋的事。你不想湿鞋，就别老在河边溜达。

当然了，工作的去留还是要你自己选择，你问我你是不是变坏了，这我不好评价，这个世界上有很多种女孩，她们会成长为各种各样的女人，每个人的路是自己的自由选择，别人多说无益。但是有一条原则我想是没有错的，就是任何的决定，都应该是你自己作为一个成年人，在完全知道自己要干什么、要付出什么的情况下做出的，而不是在随波逐流的被动的状况下，甚至是在被人设计、被人糊弄的情况下做出的。以目前你告诉我的状况来推测，我感觉这应该还只是一个开始，有了第一次，后面的事情就很难讲了。你的老板和客户也可能不断地来骚扰你。要知道很多底线就是这么一点点被冲破的。而这份薪水到底值不值得你付出这么大的代价，你的家境是不是差到没办法换工作，我也并不了解，这就只能由你自己去考虑和决定了。

无论如何，到目前为止发生的一切，都不是你的错。过去的已经不可挽回，而且也没什么大不了的，吃一堑长一智，好好把握未来，别忘了自己是谁。做自己想做的人，才是更重要的事。

Letter 38

| 没有什么主义大于生活 |

亲爱的水木丁姐姐：

你好！

读书的女人很多，聪明的女人很多，饱读书且聪明的女人也常见，但女人的问题，普遍存在的劣根性仍像顽疾一样困扰生活。我是不肯相信男权社会赋予男人的好处是理所当然的，但我没法用语言、用辩论的方式去改变别人对此的看法，大家只会对我说：“你还小，总有一天你会明白。”或者直接把我定位为一个不懂人情世态、思想单纯幼稚的小女孩，不予辩驳，再给我贴个“女权主义者”的标签。

可根本不是这么回事啊！我明白有种沟壑，如果我想和男朋友友好相处，我必须得学会示弱装憨，但我更明白，想要掌握自己的命运，掌握生活中各个方面的主动权，就必须摒除所有不切实际的幻想——不能依赖任何人，不能妄想把自己的未来交付于任何人手上。这才有可能赢得一个男人的“尊重”，而不仅是受男性欢迎。

你看，即便如此，我的思维循环还是往返于男人观看的立场。我认同母亲早年间告诉我的至理名言：女人要想获得幸福，只有一条路，就是拥有一个幸福的家庭。而且，我知道如何实现一个女人最简单的幸福。在大家的眼里，我是非常幸运的。但我不服气。非常不服气啊，因为我明白我之所以能得到这些，并不是因为我看起来天真、性格开朗或者有工作能力，以及任何一个成年人教导女孩获取幸福的优良品质之一，而是我恰巧把握住了男朋友的心理逻辑，我洞悉他的性格，而他的漏洞恰巧是我身上一些特质所能弥补的，于是，我们才能相处融洽。这是我遏制潜意识中对抗心理的发展，通过一个人对另一个人细微的观察所取得的胜利。

吕绵羊

绵羊姑娘：

看了你的信，觉得你是个很有头脑的姑娘。虽然你的信中涉及很多方面，但我相信这些事情将来你都会一一解决，我也就不再多啰唆。我比较感兴趣的是“女权主义”这个话题。你信中提到的许多困惑，都是我曾经有过、后来基本想通了的，所以我愿意把自己得出的结论提供给你，供你参考。

现在已经很少有人说我是女权主义者了，在几年前，我也经常被人贴上这样的标签。每次我都会告诉他，我不是女权主义者，我是人权主义者。因为在我看来，当一个人要求享有公民所应享有的权利的时候，无论他是男是女，他要求的都是基本的人权，无须强调特别地为某一种性别争取权益。打个比方说，如果一个农村家庭里有一个男孩和一个女孩，这时候只能有一个孩子上学，如果这个女孩的学习成绩好，努力争取自己上学的权利，这是一个孩子应该享受的义务教育的基本权利，这是人权。如果这个女孩，因为自己是女孩，就认为自己就理所应当比家里的男孩有更多受教育的权利，这就是在争取一种特权。

事实上，绝大多数的女人到目前为止，一直在争取的，都是一种人权，而不是特权。不受老公虐待，同工同酬，有平等的通过考试上学的权利，有公平竞争得到工作的机会，而不是仅仅因为自己是女人就受到不公正的待遇，这些都是基本人权，而不是特权。但我为什么说我是人权主义者，而不是女权主义者呢？举个例子来说吧，许多女权主义者会说，法律应该保护妇女儿童。但是我认为，法律是保护守法者以及在具体关系中弱势的一方的。至于被保护的人的性别，对我来说根本不重要。但是，这些各种主义的概念，近些年来愈发地被混乱使用，有人说女权主义者就是人权主义者，有人说你说自己是人权主义者，那么你就是女权主义者，还有人抨击女权主义者其实都是要求女性特权……总之各种吵闹不休，非常让人头疼，尤其是女性特权这一点，至于为什么，我后面会提到。

我这样谈论女权主义，当然是我自己的经验之谈，没有得到任何学术专著的认可，不是约定俗成的，可能要受到质疑，但对于我来说，这些都无所谓。其实，我觉得生活是一个实实在在的事，有些概念的理解之所以有点意义，是因为它能帮助我们想通一些事，至于学术上认可与否，其实和我们的生活本身关系不大。比如说女权这个定义，我在多年前想通后，很多问题就迎刃而解了。从前，当我抱怨什么事情不公平的时候，我觉得我并没有什么过分的要求啊，我只是希望能够男女平等而已，所以当男人对我提出的平等要求有异常激烈和怀有敌意的反应时，我会感觉很委屈。但是我现在不再有这样的委屈了，因为我明白，在一个社会里，当一群人比另外一群人享有特权的时候，你想要求平等，这本身就是一种冒犯。不管你怎样地小心翼翼，希望不触及对方敏感的神经，哪怕你只是要求人权，不是要求特权，对方也依然觉得是对自己的一种冒犯。

这种心理，就好像是一个大房间里只有两个人，其中一个人一出生就占据了最大的空间，最多的生存资源，而另外一个人退缩在墙角，那么，占据了更大空间的那个人就会觉得，自己占据这个大房间就是宇宙真理。所以只要墙角的那个人有一天站出来，说我们应该平分这个屋子，或者哪怕是我希望能多一寸的生活空间，原来占据很大空间的人都会觉得自己是被侵犯了。

想通了这一层后，我就不太在乎男人们的态度问题了，也不会在自己求生存、求发展的时候，因为某位男士的不满和批评而感到惴惴不安，怀疑自己是不是要的太多了？攻击性太强了？也不想去和男人们费力地解释我只想要平权而不是想要特权。因为如果一个男人认定了自己靠性别优势就理所应当地得到某个工作，那么无论你怎么做，怎么试图让他理解，他都会觉得你抢夺了本该属于他的机会，除非你温柔地把这个机会拱手相让，否则他就不可能满意，也不可能有什么理解。想要公平和平等也有代价。不能两全的事情，就不要梦想去把它两全，既不用感到委屈，也不用感到内疚。做好自己的工作，过好自己的生活，仅此而已。至于被你抢了饭碗的男人们怎么用性别歧视论批判你，何必理他。

现在要说说女权主义这个词为什么那么容易被污名化了。我从前提到过的《性政治》这本书曾就这方面做过详尽的解释。如果你知道一点女人争取权利的历史，就会知道女人为了得到投票的权利、工作的权利曾经付出过多少艰辛和努力，这其中也包括一些过激的行为，比如脱光了让人把自己绑在铁门上绝食之类。这样的姿态当然不怎么好看，但最后却常常被用来描述和定义所有争取人权的女性。这种故意和恶意的以偏概全的把戏，把所有争取平等人权的女性都塑造成一种歇斯底里的形象，把女权主义这个标签变成了一个靶子。它狡猾地让人们认为女性争取平等和自由是一种过激的、狂热的行为，也让一些女性陷入内疚、自责、不得不为自己辩白的境遇里。这种打击方便快捷且常常有效，也正因为如此，我对这种贴标签的花招非常反感，因为这样的人往往并不是想沟通，而是在无聊地玩性政治把戏。碰到这样的人，就把此人直接拉黑就好。因为你跟他沟通也不能得到任何知识、精神上的益处，理他干什么。

实际上，越是生活在社会底层，人生不得志的男人，越容易在日常生活中依赖性别歧视去获得更多好处，这是因为他们的生存资源实在是有限。对于很多这个阶层的男人来说，自己的老婆是自己唯一能操控的人，性别优越感可以缓冲他们在阶层地位上受到的打击。相反，一些阶层地位比较高，在社会上比较成功的男人，有时候反倒会表现出十分温和的绅士态度来。但我并不认为他们就比阶层地位低的男人更尊重女性，或是打心眼里认为男女平等。他们占有的社会资源丰富，所以性别优越性给他们带来的利益，在他们看来不值一提，所以他们可以彬彬有礼地对待男女平等这个问题，也并不需要依赖贬损女性去获得自尊心。因为一个女秘书完全威胁不到一个男性的CEO，所以他可以尽情地展示自己的绅士风度。一旦有女性锐意进取，和他们平起平坐，形成真正的竞争关系或者平等的合作关系的时候，就能看出一个男人对性别平等的真正态度。

我现在已经很少去和人谈这些主义、概念上的事了，因为生活是生活本身，空谈任何主义都是没有意义、不能当饭吃的。反过来说，是不是懂得了这些，一个女人就不能好好过日子了？当然不是，我觉得女人需要想明白这些。这个过程和结果，让我把日子过得更好，更舒心了。从前我可能很在意一些东西，处处要求平等，事事要和男人争个高下。比如，为什么要我进厨房做饭？为什么我就应该给你洗衣服？现在我觉得这些真的不用计较。因为我自己想清楚了，我是在爱这个人，我被他驯服，是因为这个男人是世界上独一无二可以驯服我的人，而不是因为女人就比男人低下，换个男人就让他一边儿去。反过来也一样，我被他驯服的同时，他也在被我驯服，爱就是互相驯服，才成为了彼此生命中独一无二、不能被代替的那个存在。

这样一想，爱其实可以变得更纯粹。为他做这些事，是一种纯粹快乐。妻子下班回家，如果看到丈夫还没做饭，虽然很累，但还是很想做饭给他吃，这就是爱。可是如果丈夫这个时候对妻子说，因为你是个女人，是一个妻子，所以不管多晚你都必须给丈夫做饭吃，这就叫性政治了。那么，这个心甘情愿为丈夫做饭的妻子，反倒会委屈和反感。我本来是想向你表达我对你的爱，你却把我当成老妈子使唤。所以说，爱会唤起爱，谈政治只会伤感情，因为哪里有政治，哪里就难免有革命。人们会感激一个爱你的人，可是谁会感激一个老妈子做了她应该做的事？

遗憾的是，在一个男孩子的成长过程中，他往往是被灌输了太多性政治的观念和手段，却没人教给他如何去爱。以至于长大后，在日常生活中，有些男人用的性政治手段实在太多了，一遍遍地强调自己的性别优越感，有时候就这样一点点把女人对他们的爱杀死了。当然，女人也一样会玩性政治手段。当女人不那么爱的时候，她们个个都可以是政治高手，这也是为什么现在很多文章、刊物给女性支着儿的主题，全都是关于性政治的，而不是关于爱。两个表面上谈恋爱的人，心里都是各种算计、表演、利益的权衡，更像是两个政客在博弈。

我们的话题恐怕该就此打住了，否则越聊越深，根本就没法结束。以上只是我个人对这个问题的一些看法，未来还有待修正。有些东西还需要你自己去学习，但无论如何都不要畏惧它，因为只有面对它、正视它、思考它，才能最后真正放下它。至于你男朋友的问题，这话题太复杂，这条路太长，我只想说一句话，孽缘也是缘。

道理是说的，日子是过的，有些事情想清楚了，就再也不想和人争论了。我们想这些事情，是为了更好地过日子，是为了让自己变得更豁达、更自在，而不是拿它来吵架、和人较劲。所以，好好学习、工作，好好恋爱，世界无时无刻不在起变化，很多事情的是非对错都不是绝对的。敬畏生活比讲大道理更重要，这世界上没有什么主义是大于生活的。能否把自己的日子过好，是衡量一个道理是否正确的唯一标准。

Letter 39

| 小女人，大时代 |

水木丁：

你好！

我今年二十五岁，大学毕业两三年，在一线城市工作，拿着不到三千的工资。每天很清闲地朝九晚五，心里却慌得无着无落。同居了两年的男友感情倒是还有，结婚却遥遥无期。之前因为他精神出轨分手了，后来他去我老家找我，我们又联系上了，不过心里却累得无力再继续。

生活不知道从哪里开始错位，然后就一直错下去。可能是从我念大学开始，可能是从我毕业后没有立刻回到我朝思暮想的故乡而又邂逅了目前的男友开始，可能是从他第一次对我遮掩隐瞒而我又原谅他开始，可能是从家人反对我们交往我却坚持跟他在一起开始，也有可能我本身就是许许多多错误的产物。

我不知道自己目前的这个状态到底该怎么办。不管是工作，还是感情，甚至包括和家庭的关系，我都走到了死角，问题堆积在一起，却没有解开的迹象。我是一个没有什么野心的人，但目前这个样子，别说赡养父母，连养活自己都成问题。在学校，成绩倒是上等，为什么一进社会，却变成这个样子呢？我真的想不明白。

我喜欢编辑之类的工作，也去出版社和论坛面试过，但显然专业素养还是欠缺，喜欢和擅长是两码事。毕业我分别在两家公司工作过，最后厌倦了工厂的枯燥生活和鹦鹉学舌的工具感，于是辞职了。目前工作的一家公司，清闲之余感到时光流逝不等人，青春苦短，这样怎么可能过一辈子？也有人劝我去考公务员，或者建议我回学校重新学个什么专业技能，我都觉得不是很好，真的不知道自己想干什么。我想做的工作，我希望能够有一点社会价值，至少可以自我安慰，这样即使年华老去，一生也应该是值得的。

松可

松可：

你好。

前一段时间，我看到美国一个对女性幸福感的调查，具体的数据我忘记了，但其结果是出人意料的。调查显示，大多数的美国女性虽然承认自己的地位比从前提高了，赚的钱比从前多了，但是却普遍认为自己比从前更焦虑了，压力更大了，幸福感降低了。从前的女性只需要照顾一个家庭，把丈夫、孩子、邻居这点人际关系打点清楚就足够了，但是现在不同，女人也要在外工作，面对这个庞大的世界，要和男人一样去面对竞争和生存的压力，应付老板、同事、客户这些复杂的人际关系。可是，我们生存的价值到底在哪里？因为女人的世界更多样化、多层次了，女人有了更多的选择，“价值”这个词的意义变得更宽泛了，反倒让人更加迷茫了。

我想这个调查要是放到中国来，可能中国女人的幸福感会比美国女人还要低很多吧。在从前女人嫁鸡随鸡、嫁狗随狗的年代，虽然女人的选择是很少的，但是相对来讲精神上的压力也很少，有丈夫，有单位，内心安定，日子按部就班地过下去就行了。当然了，那个时代也有很多那个时代的悲剧，很多女性虽然没有我们今天这样花样繁多的焦虑，但是她们不自由，才能得不到发挥，意见和人格尊严得不到重视。所以我觉得，其实任何一个时代，都是不可能成全所有人的。任何一个时代，都有一部分人应运而生，如鱼得水，而另外一些人仿佛困兽般，这样所谓生不逢时的故事男女皆有。这就是为什么现在的一些姑娘，有时反倒觉得上一代的女性比我们更幸福。这和大时代有关，也和每个人的性格有关，无论怎样，个人总是渺小的，既没有办法选择出生的年代，也没有办法阻挡时代的脚步。

很多姑娘在十年寒窗，终于走上社会之后，却发现社会给她们的发展空间和资源是十分有限的，需要她们付出的代价和承受的精神压力却是很大的。即便如此，回归家庭去当个主妇，对于很多年轻人来说也是不现实的。一个双职工家庭往往还生活得捉襟见肘呢，更别提把全家的经济压力都压在一个男人身上。退一万步来讲，即使是经济条件允许，也无法让女人对婚姻有十足的安全感。从前我们父母那一辈人，一旦哪位太太的丈夫出轨，全社会都会替她捍卫她的婚姻。我们暂且不讨论这种做法的对错，只说现在时代不同了，外面的小三虎视眈眈、理直气壮，婚姻脆弱不堪，社会对这种事的态度也早和过去不一样了，每个女人，当她的婚姻出现状况的时候，她都是一个人在孤军奋战。所以，一个女人真要把宝都押在家庭上，她得有多大的胆子啊！一些人总是劝导现代女孩子回归传统，可是大时代的车轮已经滚滚向前，回不去了。时代不同了，老办法解决不了新问题。单单要求女人回归传统有什么用呢？

前一段日子，有一个姑娘和我哀叹说，为什么我就找不到一个靠谱的男人呢？我的命为什么这么不好？我说，并不是你的命不好，而是这个时代就是这样的。当大多数人都信奉一种急功近利的价值观，“靠谱”对于男人来说，已经不是重要的美德了，能赚钱、成功才是。在这样的环境里，你怎么可能轻易找到一个靠谱的男人呢？你的命运不是很好，但也不是特别不好，大家都这样。当然这种事也不能去怪男人，一个社会的主流价值观是所有人共同建设的结果，大家添砖加瓦都有份，相辅相成，最后就变成这样了。

我并不是要把责任都推给社会，也不是要大家怨天尤人，只是人常常只能看到自己，和周围人一比较，就特别容易钻牛角尖儿。我一直鼓励姑娘们适当地读一点历史社科方面的书，这样就可以分辨出，哪些问题是我们个人的问题，哪些问题是这个大时代的问题。比如现在好多媒体都喜欢贩卖成功学，在这种价值观里，只有那些完美的、有才能的、聪明伶俐的佼佼者才配得到幸福，成为人生赢家。反之，如果我过得不幸福，那全是因为我太平凡、太平庸，我不够努力、不够聪明，反正都是我个人的错。

可是我却常常想，平凡有什么错呢？一个社会如果可以称为美好的社会，难道不是因为它能让更多平凡的、普通的人都能够有尊严、有安全感、快乐地活着才对吗？如果靠自己的双手努力工作、老老实实生活的人都不能够安居乐业，难道是这些普通人的错吗？如果一个社会成为弱肉强食的森林，只有佼佼者才能安全快乐地生活，可能需要想一想问题究竟出在哪里，并不是我们这些普通人的错呀。

也许你会说，知道这些有什么用呢？难道可以改变时代吗？可以改变这个社会吗？当然不能，但是至少能让我们改变一点点自己，让我们学会在心里放过自己，也放过自己的爱人，不要太过责备自己和家人。要知道，人有时候要放过自己，这样人生也许还可以感受得到那么一点点快乐和安宁。而这一点点的快乐和安宁，对于这艰难的生活来说，还是有那么一点点作用的。

我们当然不能放弃努力让我们的生活变得更好，我们也应该勇敢地去面对我们犯过的错误，但是那些不属于我们的错误，我们也不能都揽在身上，这不是怨天尤人，只是不能妄自菲薄。人生中有那么多沟沟坎坎，遇到什么问题就解决什么问题好了，对于那些属于大时代的症结，我们无能为力，那就不要去想太多，也不用去怕太多，因为怕也没什么用。如果世界太大，选择让你感到困惑，那就选择让自己快乐的事去做好了。这个时代的命运，不是你一个人的，是我们亿万人一起在默默承受着。面对历史的洪流，安之若素，尽量让自己高兴一点儿。只是，当你发现自己但凡有一点点力量可以改变它的时候，哪怕一点点，都要努力去尝试。我想这是我们唯一能做的事了。

Letter 40

| 妖魔化男人，世界就变好了吗 |

水木丁：

您好。

终于鼓起勇气给您写这封信，心里带着很多忐忑、不解以及困惑，关于婚姻。我现在已经是三张的人了，父母在催我找个合适的人结婚，尤其母亲比较关注。我从小生活在农村，家里六个孩子（最小的是弟弟，其他都是女孩）。我从一个小山村读书出来，毕业找工作，现在从事着一份还算可以自给自足的工作，业余生活也算过得不错，只是偶尔会觉得孤单，想找个人陪一陪，但还没有到需要找个人结婚的程度。

我自己是女汉子的性格，经济和体力上的事情大部分都能独立解决，再加上看见身边姐姐、朋友和同事的婚姻现状都不尽如人意，所以我对婚姻没有太多期许。从小因为成长环境的关系（农村一直看重男孩，很忽视女孩），我现在心理上会抗拒和男人发生关系，很难对男人产生信任感，现在的环境更是很难让我相信男人靠谱、负责任和不出轨。我有时候评价男人会过分极端，再加上自我的心理暗示，现在很难对男人有个正确的评判和认知，所以也很难进入婚姻。

最近也一直看一些书，想找到答案，但看完一些书似乎对婚姻更想逃离，更崇尚灵魂伴侣，不需要婚姻的爱情（不管对方是男是女，我都可以接受）。我也知道这是一种奢望，可是父母还催促我结婚，不知道我该妥协还是坚持？

我希望我能更看清自己，不论是否接受婚姻，只是想让自己过得更开心，同时可以给父母带来天伦之乐但又不委屈自己。

孤独的守望者

守望者：

你好。

生长在六个孩子、大概又有着比较严重的重男轻女思想的家庭里，你一定受过不少委屈，也很辛苦吧。即使是这样，你仍然能从小山村读书出来，自食其力地生活，自给自足。虽然你介绍自己的家庭背景和个人经历时，只是寥寥数语，可却能够让人感觉到，这真是个了不起的姑娘呢。你来信说现在很难对男人产生信任感，不想结婚，我觉得也是可以理解的。现下女权主义呼声高涨，我注意到像你这样想法的姑娘挺多的。结婚不结婚是个人的自由，我本人也特别不赞成逼婚这种事，所以咱们今天就不聊婚姻，聊聊男人吧。

2014 年，我出版了一本长篇小说，做宣传活动的时候，有年轻的读者问我，为什么书中的女主人公那么窝囊、隐忍？她们的贞操观让人无法理解。我说这书中的三个女孩，都是 70 后的女生，我们 70 后女生，大概是中国最后一批整体被贞操观念教育长大的女生。这里所说的整体，是指女孩子们不像现在这样可以接触到不同的观点，可以有自己的看法和主见。我们小时候随便翻开一本杂志，就会看到女孩子因为失去了贞操，最后被家人丈夫抛弃，生活很凄惨的故事。电视剧里一旦演到哪个女生被强暴，下一个镜头不是跳河了，就是上吊了，要么就是委曲求全地嫁给那个强奸犯，总之是断不会好好活下去的，一辈子都毁了。女人的一生就是为自己的丈夫孩子活着，家庭就是你的全部。我们这一代的女孩就是在这样的教育中长大，对这些观念坚信无疑。后来改革开放了，时代变了，人们的观念全都变了，旧观念自然无人再相信了，女孩子们的人生观，也随着社会翻天覆地的变化，一次次地被颠覆。我十四年前第一次读《性政治》这本书的时候，身边没有人读这种书，我也不知道跟谁去谈论，所以只能一个人默默地看完，默默地震惊。八年前我写了一篇讨论女权主义及女性困境的文章，那是我思考了整整十年才想明白的一些事，因此而回复了一个姑娘的一封信。那个时候根本没有这么多人像我这样公开关注并讨论女性生存环境的问题，这样的变化，也是这三五年的时间才发展起来的。

如果一个人肯回头看一看自己这一路是怎样走过来的，读一读历史，就会发现，时代一直在前进，生活一直在变化，人们的观念也一直在变化。这个过程是十分漫长的，很多你曾经笃定的绝对真理，认为自己这辈子都不会改变的观念，也在不知不觉间随现实社会的变化改变了。平心而论，就算是我们女人自己，从渐渐有女性的意识，开始审视我们所接受的教育，慢慢确定自己要什么不要什么，到最后搞清楚一些问题所在，再去着手解决问题，都需要一个摸索的过程，更何况那些无法对女性的认知感同身受，且受中国传统教育长大的男人。在男孩子们的成长过程中，很少有人会教给他们如何善待女性，如何尊重女性，这些从来不是一个男孩子的必修课，所以在他们的意识里也就完全不存在这个问题。直到他们长大成人以后的某一天，突然有人告诉他们，他们父母从小教给他们的那些东西、他们习以为常的言谈举止是性别歧视，他们也会十分困惑的。然后有一部分人会十分反感，另一部分人会去思考，做出改变。但是即使对于那些愿意做出改变的人来说，这也是需要时间的。个人思想的转变尚且如此，社会主流思潮的转变就更需要时间了，更何况现在因为种种原因，确实也出现许多不进反退的状况，这也是没有办法的事。

无论如何，罗马城不是一夜建起来的，社会的进步也不可能一夜之间发生，很多姑娘没有历史观、社会观，仅凭一腔热情想马上改变世界，恨不得立刻实现男女平等，这种心急火燎的性子，一旦遇到阻碍重重，矛盾日益增加，难免内心急躁，开始厌憎起男人来。可是平心而论，我们从小到大遇到的同学师长、同事领导、我们爱过的男人、我们的朋友，他们真的每一个都那么不堪吗？我们也从男人那里得到过真正的帮助，也真诚地爱过或正在爱着某个男人，也曾被他们认真地爱过。所以我始终觉得，即使是碰到一两个龌龊的男人，他们也绝不能代表所有的男人。把男人妖魔化，把他们贬低得一文不值，女人的生活就能够幸福了吗？难道女人都成为灭绝师太了，这个世界就会变得更好吗？这个世界上除了男人就是女人，那些得了厌男症、认为男人没一个好东西的女人，等于她生活在一个有一半人都令她讨厌的世界，那么不能愉快生活的，恐怕只能是她自己，而不是那些被她讨厌的男人。

从前女人把男人当神一样看待，如今又妖魔化他们，这其实是女性自我矮化的一体两面。把男人拉下神坛，又供上魔坛，虽然每天都说要平等，却不懂得如何把对方当成一个普通人来看待。既然是普通人，男人和女人就一样，有缺点，也有优点，有讨厌之人，也有可爱之人。他们也和我们一样，是时代的囚徒，被原生家庭束缚，需要超越和克服这一切。有的人悟性好，有的人悟性差，有的人是先锋人物，有的人食古不化，思想水平不能整齐划一。就拿你来说，你的原生家庭带给你的心理阴影，影响了你现在的生活，虽然你的人已经走出来独自生活了，可是你还在用你父母给予你的眼睛去看世界，去看两性关系，你并没有摆脱和超越你的出身啊。姑娘，我们女人读书，增长知识，不是为了让自己的天地越来越宽广吗？难道我们读书，是为了让自己越活越独，心越来越小，路越走越窄吗？

从前经常听老人说，女人的婚姻就是她的第二次投胎，可是我们很少听人说，婚姻是男人的第二次投胎。这说明在过去，婚姻对女性的重要性要远远大于男性。如今时代不同了，婚姻虽然依然是非常重要的，但它的权重已经在慢慢降低，不再是女人唯一的出路。你的来信让我想到了一点，那就是一个经济独立、思想独立的女性，为什么会视男人为洪水猛兽？究其深层原因，可能在她的内心深处，还是把婚姻甚至是恋爱当成是再一次的投胎啊。正因为把婚姻看得太重要了，所以才连恋爱都不敢去尝试谈一谈，不允许自己犯一点错误，生怕遇人不淑，耽误了自己的终身。这是传统思想对女性束缚的一体两面，被妖魔化的男人，依然是另一种意义上的超能力者，让女人觉得假如谈错了恋爱，嫁错了人，这一辈子也就完了。说到底，这还是用老观念的婚姻决定论、男人决定论去判断事情。

身为一个女人，想被平等地对待，想要自由地生活，掌握自己的命运，这是我们共同的愿望。可是我认为，把自己活成一个孤岛，这不是真正的自由。为了所谓的安全，为了不受伤害，就故步自封，不敢爱也不敢恨，自己再制造一个牢笼把自己关进去，这不是真正的自由。姑娘，你还年轻，正值花样年华，不结婚也没关系，如果缘分没到，一时遇不到合适的爱情也没关系，可是你为了自由、独立自主，已经走过这么多路，到了今天，就不要再给自己的人生设限了吧。有一个开放的心态，内心不抱偏见，走出去看一看，到生活之中去了解男人，而不是在书本上、在网络文章里了解他们。

男人不是妖魔鬼怪，没那么好也没那么坏，你要相信自己，你的命运归根结底还是在你自己的手里。你从前有能力一步步走到今天，将来无论遇到谁，你也一定有能力把握自己的未来。所以不要怕，愿你勇敢，祝你好运！

Letter 41

| 要活得比自己的命还踨 |

水木丁：

你好。

我是你的忠实读者，有一件事我特别想和你说一说，因为在全中国，也许只有你不会笑一个女博士的迷惑，你是这样一个能宽容一切的人。

我是一个高校老师，学生物的，人长相一般，偶尔也能让人夸一两句，性情也算温柔，我一般都让着别人，从小我的理想就是嫁个好人，当然，学习也要好，这是我父母给我的教育。我算是一个特别听话的女孩吧，有时也挺倔强的。很多年前，我考上了大学，大学里认识了一个男朋友，谈了大约十年恋爱，直到我读研究生，我们都在一起。

他是我的师兄，我信任他依赖他超过我自己，曾经我以为这辈子我就和他在一起了，天荒地老了，可是就在我们谈婚论嫁的时候他却劈腿了。治疗了伤痛一两年以后，再看婚姻市场，我已经完全成了大龄剩女了。

其实我一直有一个心结，多年以前，我让一个星座大师看过我的命盘，大师看了以后就说我的夫妻宫很空，不太可能有婚姻，但我事业很好，财运很好。我当时不信，觉得怎么可能，我是那种特别想过平常生活的女性，可是事实证明，我确实没有走入婚姻，但是我的事业却一年好过一年，有些选题完全没有争取就落在我身上，有些论文的发表级别之高完全出乎我的想象，总之很可笑地我在学校变成了炙手可热的科技新秀，甚至在全国都薄有名气。但只有我自己知道，我最在意的，是跟一个我爱的、也爱我的人相守在一起。这些年，我折腾过寻找过，想尽一切办法，可是没有任何结果，我好像失去了爱与被爱的能力了。我自己常常劝自己，要认命。可是，难道我就这样孤独终老么？我真不服气啊！水木丁，你信命吗？你如何看待命运这个事呢？你说我该怎么办呢？

小冬

小冬姑娘：

你好。

很多年前，我还在东北老家教书，曾经有一群十四五岁的学生，其中有一个学生，他的父亲和母亲离婚，父亲又娶了一个年龄比自己小很多的妻子。这个男孩因为和后母关系处不好，经常被父亲暴打，常常被撵出来一个星期回不了家。白天他在课堂上睡觉，晚上就住网吧。老师和同学都尽力照顾他，但是精力和能力也都有限。他挨打的时候，大家都没办法帮他报警，因为他爸爸就是警察。不仅仅是这个孩子，我教的每个班几十个孩子，家里的情况我多少都了解一点。有的富足，有的贫穷，有的被父母呵护备至，还有的父母双双进大牢。那个时候我就常常想，你说这个世界没有命运吗？都说生活是自己的选择，可是哪个孩子生下来的时候不是一张白纸，谁能做什么选择？谁能选择自己的父母？那些苦命的小孩，他们做过什么错事呢？所以你问我相不相信命运，我当然是信的，我觉得真正经历过命运的折磨和无情嘲弄的人，多多少少都是要相信一些的。真的不信命的人在这个世界上只有两种，一种是顺风顺水一路走下来，没见识过命运的厉害，另一种则是太过愚钝，实在无法感知命运。至于那些总说要跟命运做斗争的人，相信我，他们只是不肯服输罢了，真当命运不存在，就不会嚷嚷着要跟命运打一架了。

如果真的相信命运，命运到底是什么呢？很久以前我也像你一样，觉得命就是我到这世界上来走一遭，老天爷安排分发给我的东西。就是我能赚多少钱，是否嫁个好老公，是否官运亨通，是否事业有成，有几个子女等等，这些算命先生告知的东西。我对我的命也有一套设定的方程式，我想要的东西都很具体，我可以确信我自己也是个善良懂事的好姑娘，人不笨也肯努力，也不贪心，按照这个逻辑，别人有的我也应该差不多都有吧。但很多年过去之后，我却发现我已经偏离了原来的生活轨迹很远很远，想要的东西总是怎么努力都争取不到，不经意坚持下来的东西却被老天爷塞给了我。

十年前我在家乡教书的时候，万万没想到有一天我会靠写东西谋生，更别说有什么读者，我并没有这样的野心。就在不久前的某一个午后，我在给一个姑娘回信的时候，一个念头突然在我的脑海里闪过，这就是我的使命吗？经历过这些痛苦、失落、冒险和寻找的死里逃生之后，我可以平静地坐在这里，用我的一点点力量和小光亮，帮助别人一点点，温暖世界一点点，这就是上天一路引领我至此，希望我做的事吗？

很多人相信命运，为的只是自己的得失心，眼睛只盯着未来，很少回头去体会自己的命运。他们眼里只有那些想得到而没得到的，却从没有仔细想过这一路走来，生活给予自己的馈赠。我总觉得一个人真正相信命运，是要去感悟自己的命运，聆听它，懂得它。为什么命运给你这个不给你那个，为什么人生之路要引领你至此，再迷信点说，如果这个世界真有轮回转世的话，那么我相信每个人的此生都有他必须要明白的事。这就好像在一个大学里学习，你要真的学明白了，从这一级毕业了，下辈子才能升学。古人云，朝闻道夕死可矣。大概就是在交卷前的最后一分钟，解答了生命难题的那种解脱吧。算命先生负责预言你的命运，可是他并不负责解读。如果一个人只顾纠结未来得到与否，那么他就听不到他的命运想告诉他的事了。

认识十年的男朋友最后分了手，好像是个很悲剧的事。但是换个角度想，他可能是当初陪伴你，让你可以安心考研学习的人，他可能是那个促成你离开故乡，到大城市闯荡的原因，你取得今天的成就，很多因素可能是他不经意的促成，他即使不是陪你终老的人，也是你的命运派来渡你的人，最后两个人分手了，这说明他在你生命中所能承担的角色和任务也完成了，未来大家各有际遇，命运用它自己的方式把它为你准备的礼物交到你的手中，而且这礼物并不薄。虽然它总是给你一些，却偏不肯给你另一些，但我想那是因为它希望你明白一些道理，这些道理不能靠任何人帮你想，只能靠你自己的悟性。如果你不肯想、想不通的话，就永远打不开另一扇门，永远在原地兜兜转转，不能进退。

至于说要不要认命，我想如果你信命，当然就应该认命，不然就不如不信。但是怎么认也是个讲究，我也认命，不过我从前认它是敌人，现在却认它是我的朋友，甚至像一个暧昧的情人。有时候你追着它跑，它却跟你闹各种别扭，设置障碍，不让你痛快；可是有时候你绝望了不理它了，它又贱滴滴地跑来把礼物塞到你手上。虽然我时常跟它生气，但平心而论，它待我也还不错，自从我能心平气和地与它相处之后，就觉得从它那里学到的东西更多。有时候遇到些人生中的困境，痛苦是痛苦，但也会觉得有趣，因为我很想看看我的这个命运还能折腾出什么花样来。想到未来可能有很多未知的东西等着我，会遇到新的爱情、新的人，我还会明白很多我不知道的道理，我反倒觉得这样的世界真有意思，活着真有趣。

至于说到婚姻宫是空这回事，我觉得对这种事就抱着一个不主动、不拒绝、配合为主的态度就可以了。有劲头，闲着的时候就找找，心累了的时候就歇歇，做该做的事，过该过的日子，对命运冷眼旁观，看它还能发展出怎样的剧情就是。如果说这世界上真有战胜命运这等事儿，在我看来，那就是一个人活得比自己的命还跩，了解它，拥抱它，然后满不在乎地放下它。亲爱的，试试看，你做得到。

Letter 42

|经过此生的意义|

水木丁：

你好！

今天一天都在看你的博客，想问问你，人生的意义是什么呢？毕淑敏老师在演讲时，大声地说出了“人生没有任何意义”。真的，至少我的人生没有任何意义。我没有经历过什么伤痛，父母健在，好友三五。我乐观，每天带着灿烂笑容，读书、听音乐、旅行，一切看上去都很正常，但是每每独处时，便感觉孤零零地被隔音壁包围起来，整个世界是运动还是静止，都与我无关。每天算好时间挤上公车后开始摆弄头发的上班族，一大早拎着沉甸甸的篮子从菜场归来的大妈，不断与城管斗争的卖早点小贩……他们都热闹地生活着，我却找不到活下去的意义。

每天重复同样的事情，工作，吃饭，继续工作，继续吃饭，睡觉，结婚，生小孩，继续工作，继续吃饭，为小孩操劳，丈夫外遇或者自己外遇，或者谁也不外遇，小孩独立，为小孩操办婚事，带小孩的小孩，然后死。一切都没有意义，为什么不现在就结束呢？

从小到大，我都铆着劲儿读书，什么都是A，和康永先生一样，并不是爱这样，仅仅是为了争取一些特权。在这样的光环下，其他所有的恶行陋习叛逆，在父母眼里都只是小插曲。但是，长大了，越来越多的光环仍旧抵不住灵魂的孤独。我爱看书，可是越看越清楚地认识到赤裸裸的人性。我有对爱情的渴望，谁没有呢，可是身边的人都是一眼能看穿的，无非是“我们在一起吧，为了我一时的欲望，为了我们结合后双赢局面的利益”。他们被欲望蒙蔽的双眼，我看得一清二楚。我有对人类苦难不可遏止的同情，可是谁能挡住时代前进的步伐？看，罗素都被打败了。

今天我原本打算辞职，等了老板一天，他没有出现。前不久，一个朋友跟我讲了个真实的笑话，说欧洲一家企业打算将一家公司告上法庭，努力一年多最终失败，因为那家公司不断更换地址，律师函无处投递。我似乎遭遇了同样的境地。

希望这封邮件没有影响你的心情。

语

语：

你好。

我最近很少问自己关于人生的意义这样的问题了，所以看到你的信，还真让我半天不知道怎么回答你才好，我从十几岁开始严肃而认真地思考关于死亡的问题，现在这个问题已经被我考虑得没那么严肃认真了。关于我自己的人生，我一直都觉得它是个蛮荒谬的玩意儿。我很爱我的父母，但是我还是要说，我来到这个世界上的时候，并没有求我的父母把我生下来啊，没有人经过我的同意，就把我带到这边来了。可是来了，才知道这边的世界是多么糟糕，但也好像回不去了，就像被人莫名其妙地推上了人生的舞台，塞给你诸如生命的意义这样的问题，还要你无论如何都要苦撑着表演下去。其实，人人都可以强行退场，但不伤害到任何人，体面地谢幕，这始终有点难。

可是，难道只有所谓“有意义”的人生才可以活下去吗？难道我们非得为意义而活吗？非洲草原上的狮子，它们从来不考虑杀死一头羚羊有什么意义，它们自由自在地在草原上奔跑、嬉戏、晒太阳。我想，只有人类才会一直想要生活的意义吧，会为生活没有意义而沮丧、自杀。人类经常认为，这是人类作为高等动物的特征。可是有时，人类太迷恋自己是高等动物这种想法了，却往往忘记了，自己也不过是大自然的一分子而已。

狮子存在的意义，在于它吃了羚羊，羚羊就不会过度繁殖把所有的草皮啃光。诸如此类的道理我们都懂，可是，这样的意义，和狮子有什么关系呢？给自己的人生赋予很多存在的意义，搞得自己很了不起的样子，这种事情，好像只有我们人类才干得出来吧。我看书，有时候想，我看这些书干什么呢？我想把我所有的知识和经验告诉我的后代，但是他们有他们的人生，刀山火海只能他们自己走，没有人能够完全懂得别人的经验。想到这些，我心里就把读书这回事放下了，但我还是继续读书。我写字，有时候想，我写这些东西干什么呢？那些给我留言说我写得好的朋友，他们都有自己的生活，他们的生活与我无关，我今天写下的每一句话，有一天都会连同我这个人一起消失，于是我心里就把写字这回事也放下了，但我还是继续写字。就像一棵树不需要为自己的树荫操心和表态一样，我活在这个世界上到底有什么意义，这不是我的事，这是神的事。高山无言，它从不追问它存在的意义，它只是存在而已；大海无言，它从不追问它存在的意义，它只是存在而已。我经过此生看风景，你突然拉住我问我此生的意义，我想说的是，其实，我只是路过此地，东张西望一下，不久我就会回去了。

活到死的那一天，写到写不出的那一天，爱到不能爱的那一天，仅此而已。痛苦不会教会人什么是生的意义，痛苦只教会人，什么是不用问的问题，仅此而已。

跋

| 去懂得这个世界 |

柏邦妮

水木丁对于我来说，是一个谜。

虽然，我们是最好最亲密的朋友。我可以在任何时候给她打电话，哭诉或者询问，不必给她的信箱写信。我们一起吃饭、喝酒、逛大街，一起看戏、读书、看电影。我可以坦率地问她任何一个问题，我知道，她必定以同样的坦率来回答我。

但是，我仍旧觉得她是一个谜。

谜面就是她的书，《我们心中的怕和爱》。这本书，和以往所有的情感文字非常不同。

在我看来，情感文字有两种。一种是“精神鼓励”式，主要由感情充沛的女性来执笔，她们有动人的文字和美好的信仰，于是就以信仰来解答读者实际的问题。所有的情感来信，或者说，我们所有的痛苦和迷惑，大概归结于三个问题：“为什么？

凭什么？怎么办？”于是信仰说：“相信爱，要去爱，不要因为遭遇挫折而失去了爱的能力。”

我相信，收到信的读者能获得一股光和热，但是不会觉得饱和暖，因为不现实。尤其是，这些回信无法告诉他们，在可感的现在和可见的未来，究竟应该“怎么办”？坦白说，如果我去写情感专栏，大概就是这种结果。

另外一种是“鞭挞辱骂”式，主要由经验丰富文笔毒辣的男性来执笔。看这种专栏很爽，因为你会惊觉，这个世界上怎么会有那么多欠骂的傻瓜。他们骂起傻瓜来实在是酣畅淋漓花样百出，此时此刻的我，居然比那么多傻瓜要强，真是值得庆幸。这些作者，敏锐地觉察出，他们要取悦的并不是信箱彼端的那个网名、ID，某个面目模糊的男女，而是购买杂志、阅读专栏的广大读者。

以前我不懂，为什么男生们喜欢打游戏？有一次我玩《三国无双》，砍杀者成千上万，那种杀戮的快感不可言喻，心中郁闷一扫而光。我觉得，这种作者，就是以笔作刀，冲锋陷阵砍杀傻瓜，让读者们体验一把虚拟的快感、宣泄的快感。因为写信的人，把自己的问题交出来，把自己的痛苦交出来，把自己的弱点交出来，所以这些作者，以为自己是医生，是老师，是上帝，获得了一种智力上和人生上的优越感。

然而，那些收到信的人呢？那些在生活里遭受痛苦，肉中生疮骨上长刺哑口无言的人呢？你和他们说："你长了疮，就把疮挖掉好了；你长了刺，就把刺拔掉好了；你饿了你渴了，你怎么不去食肉糜，不去饮甘泉？"你告诉他们，他们的生活方式根本就是一个错误，只要纠正这个错误就会得到幸福。但是你，根本就没有长在他的生活里，你不知道他的绝望和无奈有多么深，那些错误就和他们长在一起，或者说，你所谓的那些"错误"，就是他们本身。

而那些读到文的人呢？除了短暂的阅读快感，他们能得到更多的营养吗？他们能在别人的人生里照见自己吗？能在别人的问题中询问自身吗？他们能在求知和回答之间，把自己也细细地淘洗一遍，好像被光照亮，活得更智慧、更通透、更柔韧、更宽容吗？

当然不能。

我们的水木丁，和他们不一样。她厚道，细致，耐心。有的时候，我读她细细密密不厌其烦掰开揉碎地回一封信，回答一个问题，是会感动的；看她接到一封信，如同揣了一个问题上路，思索良久才会回答，是会感动的；看她面对一个痛苦的灵魂，会敞开自己，以自己内心的痛苦来呼应，是会感动的。有时我们病了，去看医生，并不仅仅是求医问药，也希望被温柔地对待。遇见一个宽厚睿智的人，认真地接待了我们的痛苦，也接纳了我们的痛苦，聆听我们的疑惑，而并不以为愚蠢，这本身，就是一种治愈吧？

而水木丁总是说：“你经历过的这一切，我也经历过。你遭受过的这一切，我也遭受过。我和你一样。我和你在一起。”这本身，就是一种救赎吧？能站在别人的痛苦里，从他人的生命出发想问题，需要同理心。有时，同理心就是慈悲心。慈悲并不是怜悯，怜悯是从上而下的俯视，慈悲则是，在某个时刻，安静地坐在你身旁。

然而，这些还不够。

我们写剧本的，常常会遇见剧本医生。段位最低的，只能提意见，不能提建议。叫人推翻重来不是本事，在原本的构架格局内，提出具体的建议，将混乱的故事重新整合，模糊的主角理出脉络，让整个剧本硬是上了一层楼，才是能耐。人生如同剧本（我老觉得水木丁会是一个很牛的剧本医生），水木丁是那个淳淳厚厚提建议的人。而她提出的建议，是不伤筋动骨的，是切实可行的，是在求助者能力范围内的建议。

读者的问题多种多样，除了大多数的情感婚姻，也包括家庭关系、职场拼杀、事业前景，甚至还包括了宗教信仰。没有扎实丰富的智慧，入世的智慧，完全招架不住。“世事洞明皆学问，人情练达即文章”，我喜欢看水木丁的回信，透着洞明练达，舒爽清晰。她的建议，精明而不世故，圆润而不油滑。她的建议，不是要我们从憨直进化到机巧，在受伤之后，进化成为伤害我们的人，而是在这个复杂多变而残酷的社会上生存下去，却又能在内心保留着最多层次的自我。

我常常看见水木丁不但解答了某个实际的问题，而且点亮了一个困境。她不但提供了攻略，还给予了心法。攻略帮你通一关，心法帮你通一生。心法即是价值观。真正的智慧就像真正的美一样，质朴简单，坚固透明。

以前我喜欢一段话："请赐予我平静，去接受我不能改变的；请赐予我勇气，去改变我能改变的；请赐予我智慧，分辨两者的区别。"

水木丁的书里，常有这种智慧。比如，分辨何为好的爱情，就那么简单：在这段爱情里，你有没有变得更好？比如，什么主义、什么论调都不重要，重要的是：把日子过好，就是检验真理的唯一标准。再比如，要怎么去爱一个人？这是我们每个人的修行。她说：爱他如他所是。真的懂得，无需忍耐。

读水木丁的书，最大的感受就是——去懂得。她最近说，读《论语》，孔子说："不患人之不己知，患不知人也。"就是说，不怕别人不懂我们，怕的是我们不懂别人。而我们恰恰相反，最怕的是别人不懂我们。不够爱我们，是因为他们不懂我们；爱不对我们，是他们不懂我们；不够赏识，不够善待，都是因为他们不懂我们。而我们呢？我们何时主动地、知觉地、细腻地去读懂别人，读懂生活，读懂这个世界？

只有当我们需要被爱的时候，只有当我们爱上某个特定的人的时候，我们才有那个需求，走出我们小小的内心世界，以那个人为契机，渴望懂得世界。而那并不够。

懂得，是一种学习。懂得生活，懂得职业，懂得爱，懂得优点和弱点，懂得欲望和克制，懂得恶与善，懂得报复也懂得体谅，懂得单纯也懂得复杂，懂得命运，懂得世界，也懂得真正的自己。

这是我们一生的功课。

读她的书，最深的感动就是这种呼召，这种姿态。打开偏狭的自己，打开此时此刻困扰的自己，去面对整个世界，去懂得更广大的东西，去懂得更细微的东西。不要只沉溺在自己的内心里。当你将自己置身在一个更广阔的坐标系中，最终会得到真正可靠的自信，丰盛的心，确信无疑的平静。

我的谜题是：何以水木丁拥有这样的智慧？何以她懂得这么多？她是一个什么样的人？她经历了什么？

而谜底，是她的小说。

水木丁不仅仅是一个情感专家，她真正的天分是写小说。我读过她的短篇小说《野马》，意象深沉，情感浓烈，狰狞而结实，那是直见性命的作品，是一篇罕见的杰作。我读过她正在写的长篇小说，《我爱雷光夏》，从那里，我得到了谜底。

那个时代，“我们是不被宠爱的孩子。我们不懂得如何去索取爱，也不敢去索取爱。我们是一群沉默的年轻人，我们被时代的巨流任意地推来搡去。大人手忙脚乱地去改变世界，去被世界改变。等到他们终于来得及往下看，我们已经长大了。我们的青春，是在沉默中相依为命的青春，世界不是我们的。我们彼此相爱，或者自相残杀，却对这个世界一言不发。”

因为还没学会信仰，已经学会了怀疑，所以在怀疑中建立的信仰，代价高昂，异常珍贵；因为从来都不是故事的主角，是旁观的配角，所以安静小心地读懂了这个世界；因为懂得疼痛，懂得无助，也懂得我和你一样平凡，所以懂得那有限的陪伴，有多么温暖。在漫长的寂寞里，学会了不盲目期待，学会了耐心，学会了对内心绝望的自己，伸出手去。

不被宠爱的孩子，最终学会了去爱。

这个世界不那么爱我，命运也不那么爱我，但是，我爱这个世界。

图书在版编目（CIP）数据

我们心中的怕和爱 / 水木丁著 . —增订本 .
—北京 : 台海出版社 , 2017.9（2018.1 重印）

ISBN 978-7-5168-1528-1

Ⅰ . ①我… Ⅱ . ①水… Ⅲ . ①书信集 – 中国 – 当代
Ⅳ . ① I267.5

中国版本图书馆 CIP 数据核字 (2017) 第 210474 号

我们心中的怕和爱（增订版）

著　　者：水木丁

责任编辑：刘　峰　　　策划编辑：张旖旎　罗丹妮

装帧设计：颜　禾　　　内文制作：陈基胜　龚碧函

责任印制：蔡　旭

出版发行：台海出版社

地　　址：北京市东城区景山东街 20 号，邮政编码：100009

电　　话：010-64041652（发行，邮购）

传　　真：010-84045799（总编室）

网　　址：www.taimeng.org.cn/thcbs/default.htm

E-mail：thcbs@126.com

经　　销：全国各地新华书店

印　　刷：山东鸿君杰文化发展有限公司

本书如有破损、缺页、装订错误，请与本社联系调换

开　　本：787mm × 1092mm　1/32

字　　数：190 千字　　　印　　张：10

版　　次：2017 年 9 月第 1 版　　　印　　次：2018 年 1 月第 2 次印刷

书　　号：ISBN 978-7-5168-1528-1

定　　价：39.00 元